Knaur

Dieses Buch wurde auf chlor- und säurefreiem Papier gedruckt.

Deutsche Erstausgabe Oktober 1992

Titel der Originalausgabe
»Sherlock Holmes and the German Nanny«

Originalverlag Ian Henry Publ., Romford
Umschlaggestaltung Manfred Waller
Umschlagillustration Georg Meyer
Satz Ventura Publisher im Verlag
Druck und Bindung Elsnerdruck, Berlin
Printed in Germany
ISBN 3-426-03141-8

2 4 5 3 1

John North

Sherlock Holmes und das verschwundene Kindermädchen

Aus den Tagebüchern von Dr. Watson

Aus dem Englischen von Lore Straßl

Knaur

Einleitung

Am 11. November 1918 dankte die Herzogin von Strackenz ab wie viele andere adelige Persönlichkeiten in Deutschland, was mir die rechtliche Möglichkeit gegeben hätte, das Erlebnis zu veröffentlichen, das Sie auf den folgenden Seiten lesen werden. Da die Herzogin und ihr Gemahl jedoch weiterhin im herzoglichen Schloß residierten, hielt ich es für schicklich, das Manuskript noch zurückzuhalten (obwohl ich die Namen der Handlungsträger und der Herzogtümer änderte).
Vor kurzem erfuhr ich jedoch, daß die Herzogin Deutschland verlassen hat und jetzt in Amerika lebt, wo sie bei einer Filmgesellschaft tätig ist, in welcher Eigenschaft weiß ich allerdings nicht. Deshalb nehme ich mir nun die Freiheit, die Öffentlichkeit mit einem Fall vertraut zu machen, der Sherlock Holmes und mich aus der Baker Street über die Nordsee führte.

DR. JOHN H. WATSON
Southsea
August 1928

Anmerkung des Herausgebers: Diese Geschichte fand sich unter anderen unter den Papieren, die Gareth Footage-Watson von seiner Großmutter hinterlassen wurden, und ist hiermit originalgetreu wiedergegeben.

März 1990

Das Baby

Ein Vorteil, mit dem ein erfolgreicher Autor rechnen kann, ist hin und wieder eine Einladung seines Verlegers zum Mittagessen. Ein Nachteil davon ist, daß man kurz danach schläfrig wird.

Es war im Sommer 1902, kurz nachdem Mr. John Murray den *Hund von Baskerville* mit viel Erfolg in Buchform veröffentlicht hatte, als er mich und meinen Herausgeber zum Feiern ins Hotel Brown in der Albemarle Street einlud. Mein Freund, Mr. Sherlock Holmes, der Hauptprotagonist in diesem Buch, hatte es brüsk abgelehnt mitzukommen. »Watson«, hatte er zu mir gesagt, »es berührt mich nicht, wenn Sie Ihre Schauermärchen über mich schreiben, aber ich weigere mich, an irgendwelchen daraus entstehenden Festlichkeiten teilzunehmen.«

Mr. Murray hatte uns köstlich bewirtet, allerdings muß ich zugeben, daß ich mich nicht genau erinnern kann, was wir speisten. Ich nehme an, es war der Napoleon nach einem ziemlich schweren Burgunder, der mich etwas benebelte. Ich entschuldigte mich und machte mich daran, in die Queen Anne Street zurückzukehren, wo ich meine Praxis für Tropenmedizin betrieb. Ich wußte, daß ich an diesem Nachmittag keine Termine hatte, und als ich den Berkeley Square erreichte, mußte ich mich unbedingt ein paar Minuten auf eine der schattigen Bänke setzen, die so zuvorkommend zwischen der Baumreihe aufgestellt waren.

Und wieder gebe ich dem Weinbrand die Schuld, daß ich dort tief und fest einschlief. Ich weiß, daß ich das Hotel Brown etwa um halb drei Uhr verlassen hatte und infolgedessen etwa zehn Minuten später den Berkeley Square erreicht haben mußte. Aber als ich aufwachte, war es fast vier. Ich gestehe jedoch, daß auf die Uhr zu schauen nicht das erste war, was ich tat, da mir beim Erwachen zweierlei gleichzeitig auffiel. Erstens, daß zwei Boten-

jungen sich laut über mich lustig machten, und zweitens, daß ich eine warme Feuchtigkeit auf meinen Schenkeln spürte.
Nach wenigen Sekunden der Verwirrung erkannte ich den Grund für beides: Auf meinem Schoß lag ein Baby!
Es war in Flanelltücher gewickelt und, soweit ich durch hastige Untersuchung feststellen konnte, etwa drei Monate alt. Man hatte es mir so auf den Schoß gelegt, daß sein Köpfchen sich an meinen rechten Arm schmiegte. Dann bemerkte ich, daß meine Aktentasche mit meinen Initialen »J. H. W.«, die ich beim Niedersetzen an meinen anderen Ellbogen gelehnt hatte, offenstand. Ein rascher Blick zeigte mir jedoch, daß nichts daraus fehlte.
Ich verscheuchte die Botenjungen und bemühte mich, den Eindruck zu erwecken, es sei es die natürlichste Sache der Welt, daß ein Mann mittleren Alters ein Baby auf dem Arm trägt, und so marschierte ich durch das vornehme Mayfair zur Queen Anne Street. Dort angekommen, vertraute ich den Säugling sogleich meiner Sprechstundenhilfe, Miss Tilly Footage, an und telefonierte mit Sherlock Holmes. Ich bat ihn um die Freundlichkeit, mich aufzusuchen, so rasch es ihm möglich sei.
Offenbar hatte er meiner Stimme die Dringlichkeit entnommen, denn zweifellos ließ er alles liegen und stehen, womit er beschäftigt gewesen war, jedenfalls bat ihn Tilly schon fünfzehn Minuten später herein. »Nun, Watson«, fragte er, »worum geht es?«
Ich erklärte ihm die näheren Umstände des Eintritts des Babys in mein Leben, und Holmes schlug vor, den Säugling und seine Kleidung auf Hinweise nach seiner Herkunft zu untersuchen.
Natürlich war ich damit einverstanden, und Tilly brachte das in Weiß gehüllte Bündel in mein Zimmer, wo wir es auf den Schreibtisch legten. Holmes fragte meine Sprechstundenhilfe, ob sie das Baby ausziehen könne, und bemerkte dabei, daß dies »Frauensache« sei. Das ärgerte Tilly sichtlich, und sie entgegnete, daß sie noch nie in ihrem Leben etwas mit einem so kleinen

Kind zu tun gehabt hatte. Ich besänftigte sie jedoch, indem ich sagte, daß ihre Instinkte zweifellos besser seien als die von Männern.

Für ein so kleines Kind war es erstaunlich, in wie viele Kleidungsstücke – von denen ich keines beim richtigen Namen hätte nennen können – es gehüllt war. Nach dem Ausziehen reichte Tilly jedes einzelne Sherlock Holmes, der sie genau untersuchte. Doch ehe er auch nur mit dem ersten Tuch fertig war, hatte Tilly das Baby ausgezogen und uns mitgeteilt, daß es ein strammer Junge sei, allerdings kenne sie sich mit seinem Alter nicht aus. Ich schlug vor, daß sie das Kind einstweilen in Tücher von uns wickle, bis Holmes seine Untersuchung der Kleidung beendet habe. Beide sahen wir dem Detektiv zu, während er sich ein Stück nach dem anderen sorgfältig vornahm.

Schließlich richtete er sich auf und erklärte: »Ich kann Ihnen nicht mehr sagen, Watson, als daß dieser Säugling ein Kindermädchen hat, das ihn sehr gut versorgt; daß die Familie, der er gehört, in besten Verhältnissen lebt, daß sie drei Katzen hat und einen gutmütigen Schäferhund, daß sie wahrscheinlich am Regents' Park wohnt und daß eine ärmere, ältere Dame für sie wäscht und bügelt.«

Erwartungsvoll blickten wir den Detektiv an, in der Hoffnung, er würde uns verraten, wie er diese Folgerungen gezogen hatte. Er sollte uns auch nicht enttäuschen. »Das Baby ist wohlgenährt und sauber, daraus läßt sich entnehmen, daß es gut versorgt wird; seine Kleidung ist von oberer Mittelklasse, deshalb ist es sehr wahrscheinlich, daß seine Mutter ein Kindermädchen für ihn angestellt hat; ich fand verschiedene Haare an der Kleidung, die auf die Tiere im Haushalt deuten – und ich schließe, daß der Hund gutmütig ist, weil er dem Baby das Gesicht ableckte, ehe es von zu Haus fortgebracht wurde; andere kurze Haare in der Kleidung sind jedoch nicht von Haustieren, sondern von Jak, Kamel und Lama – daraus schließe ich, daß das Baby häufig im

Londoner Zoologischen Garten, nördlich vom Regents' Park, ausgefahren wird. Und ich halte es für unwahrscheinlich, daß die Person, die den Kinderwagen schiebt, vermutlich das Kindermädchen, den Tiergarten so oft besuchte, wenn er sich nicht in der Nähe des Hauses befände.«

»Aber was ist mit der Waschfrau?« erkundigte ich mich.

»Ah, ja.« Holmes lächelte. »Da habe ich geraten, aber die Person, die die Babykleidung wäscht, hat verschiedentlich kleinere Fäden im Stoff gezogen, das deutet darauf hin, daß ihre Augen nicht sehr gut sind, außerdem riechen die Sachen nach billigem Seifenpulver, das dürfte bedeuten, daß die Wäscherin bei ihrer Arbeit Sparsamkeit walten läßt. Natürlich könnte das auch auf eine knauserige Haushälterin im Haushalt des Babys zutreffen. Aber ich kann mir nicht vorstellen, daß die Dame, die die Kleidung kaufte – von hervorragender Qualität, wie ich bereits bemerkte –, beim Seifenpulver in ihrer Waschküche geizig wäre.«

»Ich hoffe, wir können das alles bestätigt bekommen«, sagte ich.

»Was natürlich nur möglich ist, wenn wir die Familie des Säuglings finden.«

»Da pflichte ich Ihnen bei, Watson«, erwiderte mein Freund. »Ich hatte mich in die Deduzierungen vertieft, ohne zu überlegen, wie sich das am besten bewerkstelligen ließe.«

Tilly warf ein: »Sollen wir uns an die Polizei wenden, Mr. Holmes?«

»Wer immer das Baby bei Dr. Watson deponierte, hat es nicht einfach ausgesetzt, wie anzunehmen wäre, hätte man es auf die bekannte Weise vor einer Haustür gefunden. Sie sagten, Watson«, wandte sich Holmes wieder an mich, »daß Sie fest geschlafen haben?«

»O ja«, bestätigte ich. »Ich ruhte tief an Morpheus' Busen.«

»Ich fürchte, das mit dem Busen haben Sie wohl etwas durcheinandergebracht, Watson, aber ich verstehe trotzdem, was Sie meinen. Und sie sagten, Ihre Aktentasche habe offengestanden, als Sie aufwachten?«

»Ja, aber es fehlte nichts.«

»Sind Sie da ganz sicher?« vergewisserte sich Holmes.

»Nun, ich hatte überhaupt nicht viel dabei«, erklärte ich. »Lediglich Zeitungsausschnitte von einigen Rezensionen des *Hundes*, die ich Mr. Murray und meinem Herausgeber zeigte, außerdem ein paar Visitenkarten und einen Notizblock. Oh, und noch einen Gibus.«

»Könnten Sie mir das bitte näher erklären?«

»Nun, Sie wissen schon, ein Chapeau claque, nur nicht wie üblich für die Oper, sondern als Sonnenhut, der so flach wie ein Pfannkuchen zusammengeklappt werden kann.«

»Sonst nichts?«

»Nein«, antwortete ich, und um es zu beweisen, leerte ich meine Aktentasche vor ihm aus. »Ich bin sicher, daß ich nicht mehr von zu Haus mitgenommen habe.«

»Ihre Wertsachen trugen Sie an sich, nehme ich an?«

Ich durchforschte meine Anzugtaschen, aber es fehlte wirklich nichts, obwohl ich mehrere Sovereigns in einem waschledernen Geldbeutel sowie ein Scheckbuch für die Hoare's Bank bei mir hatte.

»Wie können wir das Baby zu seiner Mutter zurückbringen?« fragte Tilly erneut.

»Vielleicht wären Sie so nett und laufen zur Polizei und berichten, was vorgefallen ist, Miss Footage. Das Baby lassen wir hier, wo es vermutlich besser aufgehoben ist. Sobald der Polizei das Verschwinden des Säuglings mitgeteilt wurde, können wir ihn direkt seiner Familie zurückbringen. Wird das Verschwinden nicht gemeldet, beginnt die Polizei mit den Ermittlungen und wird alsbald einen Beamten hierherschicken.«

Tilly verließ das Zimmer, wahrscheinlich um sich zum Ausgehen

umzuziehen, und Holmes dachte laut über die merkwürdige Weise nach, auf die das Kind in meinen Besitz gelangt war.
»Überlegen Sie mal, Watson, warum würde jemand ein Baby auf den Schoß eines reiferen Herrn legen, der im Park eingenickt ist? Niemand bei klarem Verstand könnte Sie mit einer Wiege verwechseln. Aber es muß eine logische Erklärung geben.«
Ich mußte zugeben, daß mir keine einfiel, doch ich glaubte mich erinnern zu können, daß mehrere Damen Kinderwagen über den Platz schoben, als ich ihn betrat.
»Noch etwas, Watson«, fuhr Holmes fort. »Kann das Kind schon lange Ihrer Obhut anvertraut gewesen sein, ehe Sie es bemerkten? Ich glaube nicht, denn es hätte entweder die Aufmerksamkeit von Passanten auf sich gelenkt oder sich bewegt, wodurch Sie zweifellos aufgewacht wären.«
Ich mußte ihm beipflichten.
»Deshalb können wir annehmen, daß das Baby erst kurz vor vier auf Ihrem Schoß deponiert wurde – doch um ehrlich zu sein, ich kann mir noch nicht vorstellen, wohin uns diese Folgerungen führen könnten.«
»Wäre es möglich, daß es einen Unfall mit dem Kinderwagen gab«, fragte ich, »und das Kindermädchen den Säugling herausnehmen mußte, während das Wägelchen repariert wurde?«
»Selbst wenn«, gab Holmes zu bedenken, »warum sollte man Sie als Ersatzwiege erwählen? Und was noch merkwürdiger ist, weshalb wurde das Baby nicht wiedergeholt, nachdem der Kinderwagen repariert war? Ich fürchte, ich brauche ein paar Pfeifen voll Shag, um dieses Rätsel zu lösen.«
Holmes holte seine Pfeife hervor und füllte sie mit dem gräßlichen Tabak, dessentwegen ich ihm schon so viele Male Vorhaltungen machte. Dann ließ er sich in einen meiner Sessel fallen und versank völlig in seine Überlegungen. Ich weiß sehr wohl, daß er in einem solchen Fall nicht gestört werden darf, deshalb beschäftigte ich mich mit den Krankenblättern meiner

Patienten, warf hin und wieder einen Blick auf das Baby, das auf der anderen Seite meines Schreibtischs zufriedene Laute von sich gab.

Wir saßen etwa fünfzehn Minuten schweigend da, als an die Tür geklopft wurde. Es war meine Sprechstundenhilfe, die mir berichtete, daß sie die Bereicherung unseres Haushalts um ein Baby beim zuständigen Revier gemeldet hatte. Es war noch kein Kind als vermißt gemeldet worden, und der Diensthabende hatte gesagt, er würde in Kürze einen Beamten schicken, um ein Protokoll aufzunehmen.

Tilly beschäftigte sich ein paar Minuten damit, dem Baby wieder die eigene Kleidung anzuziehen, dann sagte sie, sie würde es mit nach unten nehmen und versuchen, ihm mit einer Saugflasche, die sie unterwegs besorgt hatte, Milch zu geben. Weiterhin erklärte sie mir, daß sie die Nacht über bei dem »armen Lämmchen« bleiben und ich ihnen mein Schlafzimmer überlassen müsse. Sie hatte ihrer Hauswirtin bereits Bescheid zukommen lassen, daß sie die Nacht anderswo verbringen würde, und sie schlug vor, daß ich in dem Bett schlafe, das Mrs. Hudson in der Baker Street immer für mich bereithielt.

Tilly verließ das Zimmer mit dem Säugling, und wieder hüllte uns etwa eine halbe Stunde Schweigen ein. Gerade als ich die Kirchenglocke halb fünf schlagen hörte, klopfte es erneut an der Tür, und Tilly trat höchst aufgeregt ein.

»Unten ist eine junge Dame. Sie hat sich erkundigt, ob Dr. Watson auf ein Baby für sie aufpaßt.«

»Sie soll gleich heraufkommen!« befahl ich. »Vielleicht bringen wir jetzt Licht in die Sache«, sagte ich zu Holmes, der als Antwort lediglich brummelte.

Ihrer Tracht – gestärkt und makellos sauber – entnahmen wir, daß die junge Frau, die durch die Tür trat, ein Kindermädchen war. Die Kindermädchen, die ich bisher gekannt und gesehen hatte, waren alle älter und im allgemeinen sauertöpfischer gewesen oder hatten zumindest so ausgesehen. Dieses junge Ding jedoch konnte noch keine zwanzig sein und war auf erfrischende Weise sehr attraktiv.

»Dem Himmel sei Dank!« rief sie, als Tilly mit dem Baby auf dem Arm hereinkam. »Sie haben gut auf Adrian aufgepaßt! Aber Sie haben seine Sachen durcheinandergebracht!« fügte sie anklagend hinzu.

»Entschuldigen Sie, Miss«, entgegnete ich, »wir wollten durch seine Kleidungsstücke lediglich versuchen, seine Identität festzustellen. Er konnte uns wohl kaum selbst sagen, wer er ist!«

»Verzeihen Sie«, unterbrach uns Holmes, »aber ich glaube, Sie schulden uns eine Erklärung!«

»Ja, natürlich.« Die junge Person machte sich daran, dem Säugling seine Sachen auf eine etwas andere Weise neu anzuziehen und, wie mir auffiel, auf viel geschicktere als Tilly zuvor. Als sie damit fertig war, setzte sie sich und glättete ihren Rock, ehe sie begann. »Ich bin Hilda Scott, das Kindermädchen der Familie Emshort in der Park Road am Regents' Park. Zur Familie gehören Mr. Emshort, der Bankier in der Innenstadt ist, Mrs. Emshort und ihre vier Kinder, von denen Adrian das jüngste ist – er ist genau drei Monate alt. Die anderen sind Jack, er ist sechs, dann kommen der vierjährige Charles und der noch nicht ganz zwei Jahre alte Rupert. Wir haben eine Köchin und ein Hausmädchen, und ich helfe mit, auf die Kinder aufzupassen, doch ich bin hauptsächlich für Adrian da. Mrs. Emshort ist nicht sehr robust, müssen Sie wissen, darum habe ich viel zu tun.«

»Unter anderem mit den kleinen Jungen den Zoo zu besuchen?« fragte Holmes.

»O ja«, erwiderte Miss Scott. »Ihr Vater ist sehr für Naturgeschichte und möchte sie damit vertraut machen. Außerdem ist es ein sehr hübscher Spaziergang an einem schönen Nachmittag. Mr. Emshort läßt Jack und Charles seit kurzem in einen Kindergarten gehen, und Rupert ist krank, deshalb fahre ich schon die ganze Woche mit Adrian allein aus. Heute nachmittag bat mich Mrs. Emshort, bei Fortnum & Mason's am Piccadilly frische Erdbeeren für Mr. Emshorts Nachmittagstee zu besorgen, und weil ich dachte, dem Baby würde auch ein etwas längerer Spaziergang nicht schaden, nahm ich es im Wägelchen mit.«

Sherlock Holmes unterbrach sie: »Hätte Fortnum's denn nicht auch geliefert?«

»Ja, wie üblich, aber unser Telefonapparat funktioniert nicht, und Mrs. Emshort wollte unbedingt Erdbeeren, also hielt ich es für das beste, sie selbst einzukaufen, als irgendeinen Botenjungen damit zu beauftragen. Sie wissen doch, wie diese Bürschchen sind«, fügte sie vom Thema abweichend hinzu. »Irgendwie bringen sie es immer fertig, das Verkehrte oder zumindest nicht genau das Richtige zu bringen, so gut man es ihnen auch erklärt hat. Das ist uns erst vorige Woche passiert, als ...«

»Ja, ja, Miss Scott«, unterbrach Holmes, »das ist gewiß alles recht interessant, aber Sie wollten uns doch erzählen, was heute nachmittag passiert ist.«

»Ja, natürlich, verzeihen Sie«, entschuldigte sich das Mädchen. »Nun, jeden Tag in dieser Woche, wenn ich den Kleinen ausfuhr, fielen mir zwei Ausländer auf, die offenbar ständig in der Park Road herumlungern. An jedem anderen Tag blickten sie mich nur flüchtig an, wenn ich mit dem Kinderwagen an ihnen vorbeikam, aber heute bemerkte ich, daß sie mir nachgingen. Ich schob den Wagen die Marylebone Road entlang, vorbei an Madame Tussauds Wachsfigurenkabinett, und bog dann in die Marylebone High Street ein. Ohne Zweifel folgten die beiden Ausländer mir, und ich dachte mir, daß sie vielleicht dem Baby etwas antun wollten, auch wenn ich mir keinen Grund dafür vorstellen konnte. An mir konnten sie sicher nicht interessiert sein! Auf der Oxford Street war ziemlicher Verkehr, aber es gelang mir, sie zu überqueren, während die beiden Männer auf der Nordseite zögerten. Ich ging in die neue U-Bahn-Station in der Bond Street, wo ich mich gleich neben der Tür versteckte und hinausspähte, um zu sehen, ob ich meine Verfolger abgeschüttelt hatte. Ein paar Minuten schauten sie sichtlich verwirrt die Oxford Street auf und ab, sahen jedoch mich und den Kinderwagen nicht.«

»Sind Sie denn an keinem Schutzmann vorbeigekommen, an den Sie sich um Hilfe hätten wenden können?« fragte ich.

»Es ist doch immer so, nicht wahr?« entgegnete das Mädchen. »Wenn man einen Polizisten braucht, ist keiner in der Nähe, während man manchmal bei jedem Schritt über einen stolpert!«

»Was geschah als nächstes, Miss Scott?« erkundigte sich mein Freund.

»Sobald ich keinen der zwei mehr sehen konnte, verließ ich die Station mit dem Kinderwagen und flüchtete die Davies Street hinunter und über den Grosvenor Square. Als ich den Berkeley Square überquerte, blickte ich über die Schulter, und da waren sie wieder! Glücklicherweise gab es hier viele Kindermädchen, die ihre Wägelchen durch die Anlagen schoben, also rannte ich auch hinein, und auf einem der Wege saß dieser Herr, von dem ich nun weiß, daß er Dr. Watson ist, auf einer Bank und schlief. Ich dachte, ich könnte Adrian vor möglichen Entführern am besten schützen, wenn ich mich so weit wie möglich von ihm entfernte. Also hob ich ihn aus dem Wägelchen, legte ihn in die Arme des schlafenden Herrn und schob den leeren Wagen ein Stück weiter zu einer anderen Parkbank. Ich selbst spazierte so unauffällig wie möglich weiter, und da mir nichts Besseres einfiel, ging ich zu Fortnum's und kaufte die Erdbeeren. Während ich dann allein die Dover Street zum Piccadilly spazierte, war von meinen Verfolgern nichts zu sehen, und auch nicht, als ich den Weg zurückkehrte. Doch bis ich den Berkeley Square wieder erreichte, war Dr. Watson nicht mehr da. Ich holte den leeren Kinderwagen und kam damit hierher.«

»Und woher wußten Sie, wo Sie das Baby jetzt finden würden?« fragte Holmes.
»Ich hatte mir die Zeit genommen, Dr. Watsons Aktenmappe zu öffnen, die neben ihm auf der Bank lag, und ich nahm eine seiner Visitenkarten heraus. Ich wußte also, wohin ich mich wenden mußte, und konnte direkt hierherkommen.«
»Dafür, daß Sie direkt hierherkamen, brauchten Sie aber viel Zeit«, bemerkte Holmes. »Sie ließen das Baby um etwa vier Uhr bei unserem guten Doktor zurück, und jetzt ist es fast sechs. Was haben Sie die ganzen letzten zwei Stunden gemacht? Und werden Sie noch nicht im Haus Ihrer Arbeitgeberin zurückerwartet, um das Baby und die anderen Kinder ins Bett zu bringen?«
Miss Scott errötete. »Ich weiß, daß ich lange gebraucht habe, aber ich wollte so vorsichtig sein wie nur möglich. Als ich beispielsweise zum Berkeley Square zurückkam, blieb ich eine gute Viertelstunde auf der anderen Seite stehen und behielt den Kinderwagen im Auge, um sicherzugehen, daß nicht sonst noch jemand ihn beobachtete. Und dann kam ich auf Umwegen hierher, nur für den Fall, daß man mir immer noch, oder wieder, folgte – und durch die Umwege verlief ich mich ein wenig, und das ist der eigentliche Grund, daß ich erst jetzt hier bin.«
»Aber nun ist alles gut«, sagte ich beruhigend. »Sie haben das Baby heil und gesund zurück, und jetzt sollten Sie sich beeilen, mit ihm nach Haus zu kommen, ehe man anfängt, sich Sorgen zu machen. Darf ich Sie begleiten – nur für den Fall, daß sich immer noch irgendwelche verdächtigen Individuen herumtreiben?«
»Das ist außerordentlich zuvorkommend von Ihnen«, erwiderte die junge Dame. »Danke, daß Sie sich so lieb um Adrian gekümmert haben. Auch Ihnen vielen Dank, Sir, für Ihre Anteilnahme«, wandte sie sich daraufhin an Holmes.
»Es war mir ein Vergnügen«, entgegnete Holmes galant. »Es ist beruhigend, daß ein so aufregender Nachmittag für Sie so gut

ausgegangen ist. Bitte nehmen Sie meine Visitenkarte – und wenden Sie sich vertrauensvoll an uns, falls Sie weitere Hilfe brauchen. Wie Sie der Karte entnehmen können, sind sowohl Dr. Watson als auch ich über die Welbecker Telefonzentrale zu erreichen.«

Miss Scott warf einen Blick auf Holmes' Karte, dann holte sie hörbar Luft. »Sherlock Holmes! O meine Güte!« Sie blickte wieder mich an. »Dann müssen Sie *der* Dr. Watson sein!«
Ich gestand es ein und begleitete die junge Person die Treppe hinunter und auf den Bürgersteig. Sie legte das Baby in seinen Wagen, und wir folgten der Straße bis zum Royal College of Music, wo wir zum Fahrweg in den Regents' Park einbogen. Zehn Minuten später standen wir vor der Park Road Nummer 24, wo Miss Scott sich noch einmal bei mir bedankte und mir die Hand gab, ehe sie eintrat.
Als ich zurückging, dachte ich über dieses eigenartige Erlebnis nach, aber ich konnte mir keinen rechten Reim darauf machen. Ich vermutete, daß die junge Dame eine wahrscheinlich völlig harmlose Situation falsch eingeschätzt und übertrieben reagiert hatte.
Als ich meine Wohnung erreichte, war Sherlock Holmes gerade am Aufbrechen. »Watson«, sagte er, als er sich an der Haustür verabschiedete, »wir wurden heute nachmittag in eine eigenartige Geschichte verwickelt, der ich etwas näher auf den Grund gehen möchte. Unser geistesgegenwärtiges Kindermädchen hat heute möglicherweise ein schweres Verbrechen verhindert, und weil es eigentlich das ist, was Kriminologie sein sollte, finde ich, daß ich ihrer Wachsamkeit damit danken sollte, daß ich selbst etwas zur Verbrechensverhütung beitrage. Da ich mich jedoch mitten in einem Experiment mit Pferdeäpfeln aus verschiedenen Stadtteilen beschäftigte, als Sie anriefen, werde ich erst einmal in die Baker Street zurückkehren und dieses kleine Experiment

beenden. Morgen früh könnten wir uns jedoch in Mr. Emshorts Bank in der Innenstadt umsehen.«

Ich freute mich, als ich im Wohnzimmer feststellte, daß Tilly mir eine Tasse Schokolade vorbereitet hatte, ehe sie in ihre eigene Wohnung zurückgekehrt war.

Den ganzen Abend grübelte ich über den Fall des Kindermädchens nach, aber ich fand, daß mir gewisse wichtige Hinweise fehlten, ehe ich zu einer logischen Erklärung kommen konnte.

Mein erster Besucher am folgenden Morgen war ein Polizist, den das Revier geschickt hatte, um Näheres über das Baby zu erfahren. Ich konnte ihm mitteilen, daß sich die Sache zu aller Zufriedenheit geklärt habe. Ehe er ging, versicherte er mir, daß er die Familie in der Park Road besuchen würde, um sich zu vergewissern, daß alles in Ordnung war.

Miss Footage kam wie üblich um zehn Uhr, und wir erledigten die Morgenpost. Einer meiner Patienten war bedauerlicherweise an einer Krankheit gestorben, die er sich in Nigeria zugezogen hatte. Ein amerikanischer Professor, der England besuchte und erst kürzlich von dem panamaischen Isthmus in Kolumbien gekommen war, wo der Kanal gebaut werden sollte, schrieb, daß er mich am Mittwoch vormittag konsultieren wolle. Und eine Arzneimittelfirma ersuchte um meine Meinung über ein neues Medikament, das sie gegen die Schlafkrankheit herausbrachte.

Meine Konsultationstätigkeit, die sehr lohnend ist, hält mich manchmal sehr auf Trab, doch gibt es auch Zeiten, da es ungemein ruhig ist. Momentan sah es ganz so aus, als begänne eine dieser letzteren Perioden.

In den vergangenen Wochen war ich sehr beschäftigt gewesen, nicht nur mit meinem bedauernswerten Patienten aus Nigeria, den ich in einem Quarantänekrankenhaus in Surrey behandelt hatte, sondern auch mit einem begrenzten Lepraausbruch im ländlichen Essex und mit einem Typhusalarm in Battersea in Süd-London. Ich war deshalb gar nicht bekümmert, daß offenbar keine frischen Krisen bevorstanden.

In meinem Terminkalender war für diesen Tag nur eine Eintragung: Eine junge Dame wünschte die erforderlichen Impfungen, um sich ihrem Gemahl anschließen zu können, der an der

Goldküste District Commissioner war. Doch sie war erst für fünfzehn Uhr angemeldet. So kam es, daß ich voll Ungeduld auf Sherlock Holmes wartete, damit wir mit den Ermittlungen beginnen konnten, die er über die Familie Emshort anzustellen beabsichtigte.

Gegen elf Uhr klopfte er endlich an die Tür, und von einem Brandloch durch Säure an einer Manschette – er selbst hat mir beigebracht, auf derlei Kleinigkeiten zu achten – abgesehen, war er untadelig wie ein Geschäftsmann gekleidet. Sein Rock war aus grauem Alpaka, das seine gelbe Weste bewundernswert abhob. Tilly strich ihm um den Bart und bestand darauf, seinen seidenen Zylinder zu bürsten, da sie behauptete, Mrs. Hudson hätte zugelassen, daß Holmes *unrespektabel* aussah.

Ich bemühe mich, auf dezente Weise mit der Mode zu gehen, und trug einen Cut, der mich vergangene Woche in den Army & Navy Stores vier Guineas gekostet hatte. Zusammen sahen wir außerordentlich respektabel aus – was wir ja auch waren – für einen Ausflug ins finanzielle Herz der Welt.

Nachdem wir einen Hansom angehalten hatten und eingestiegen waren und Holmes den Kutscher angewiesen hatte, uns zur Harwood's Bank in der Lombard Street zu bringen, wandte sich Holmes an mich.

»Ich hatte einige Schwierigkeiten, Mr. Emshorts Geschäftsadresse zu eruieren«, erklärte er. »Er ist weder im Bankiersverzeichnis angegeben noch in meinem Führer der Finanzwelt. Die beiden führen alle Personen auf, die in dieser Branche in der Stadt einen Namen haben. Allerdings fehlen immer wieder einige, da manche der hohen Herren die Fragebögen nicht ausfüllen, die sie vom Herausgeber zugeschickt bekommen, damit sie einige nötige Angaben über sich machen. Ich sah mich deshalb gezwungen, mich einer List zu bedienen, ich bestach den echten Lieferanten und gelangte so am frühen Morgen als Aushilfsmilchmann in die Küche von Park Road 24. In einer Unterhaltung mit der Köchin erfuhr ich, daß Haushaltsrechnungen per Scheck über die Harwood's Bank beglichen werden. Es ist eine logische Annahme, daß Mr. Emshort dort beschäftigt ist. Also begeben wir uns nun in die Lombard Street.«

Harwood's ist eine der halb privaten Banken, die hauptsächlich mit der Hochfinanz der Stadt zu tun haben und wenig mit einzelnen Kunden. Deshalb ist der Empfangsraum mehr ein gewöhnliches Büro als eine der gewohnten Schalterhallen. Wir begaben uns in dieses Büro und sahen uns einem jungen Mann in ziemlich schreiendem, kariertem Cut gegenüber. Der junge Mann erkundigte sich nach unserem Begehr.

Sherlock Holmes ersuchte, in *vertraulicher Sache* mit Mr. Emshort zu sprechen. Den jungen Mann schien diese Bitte zu verblüffen, und er erkundigte sich, ob es tatsächlich Mr. Emshort war, den wir sprechen wollten. Holmes versicherte ihm, dies sei der Fall, woraufhin der junge Mann in ein anderes Zimmer ging, aus dem wir seine Stimme hören konnten, doch nicht, was er sagte.

Nach einer kurzen Weile trat ein älterer Herr aus dem inneren Büro. »Sie möchten Mr. Emshort sprechen?« erkundigte er sich. Holmes bestätigte es.

»Dürfte ich bitte wissen, in welcher Sache?«

»Sie ist rein privater Natur«, antwortete Holmes steif. Obwohl er im Lauf seiner Ermittlungen selbst viele Fragen stellt, zögert er merkwürdigerweise, selbst die unbedeutendsten Fragen über sich zu beantworten.

»Wir sehen es nicht gern, wenn private Unterredungen zwischen unseren Angestellten und ihren Freunden in unserem Haus stattfinden. Außer natürlich, es handelt sich um finanzielle Angelegenheiten. Aber ich muß gestehen, ich wüßte nicht, wie Mr. Emshort damit etwas zu tun haben könnte. Ich bedauere, daß ich Ihrem Wunsch nicht nachkommen kann.«

»Ich fürchte, ich bin da möglicherweise einem Mißverständnis unterlegen«, gestand Holmes. »Dürfte ich fragen, welche Stellung Mr. Emshort in dieser Bank bekleidet? Ich stand unter dem Eindruck, er habe einen führenden Posten.«
Der Bankmann lächelte. »Da haben Sie sich leider getäuscht. Mr. Emshort ist zwar ein wertvolles Mitglied unseres *Teams*, wie ich es gern nenne, aber er ist lediglich Bürovorsteher und für unsere Typistinnen und die niedrigeren Angestellten unserer Buchhaltung verantwortlich. Er ist nicht befugt, über finanzielle Angelegenheiten zu verhandeln, und ist dafür auch nicht qualifiziert.«
»Dann muß ich mich entschuldigen«, sagte Holmes höflich. »Dr. Watson und ich sowie einige Freunde unterhielten uns vor einigen Tagen im Club über die neuen Aktien der Tagbau-Goldmine in Johannesburg, und natürlich kam der Name Ihrer Bank zur Sprache. Einer unserer Gruppe erwähnte, daß ein Bekannter, eben dieser Mr. Emshort, bei Ihrer Bank arbeite, und ich nahm an, fälschlicherweise, wie sich nun herausgestellt hat, daß er mit finanziellen Transaktionen zu tun hat.«
»Ein verständlicher Irrtum«, gestand der Bankmann ihm großzügig zu. Ich wunderte mich, denn das war das erste Mal, daß Holmes von einem Club gesprochen hatte (er hat überhaupt keinen in London; wenn er für irgendein Treffen ein solches Milieu braucht, benutzt er gewöhnlich den Diogenes, den Club seines Bruders Mycroft; während ich Mitglied des In and Out bin – den ich allerdings bereits über einen Monat nicht mehr besucht hatte). Auch von der Tagbau-Goldmine hatte ich noch nie etwas gehört. Holmes hatte zweifellos für diesen Fall sorgfältig alles darüber nachgelesen. Der Bankier fuhr fort: »Dürfte ich Ihnen auf irgendeine Weise behilflich sein? Wir sind in London die Alleinbeauftragten der Tagbau-Goldmine.«
Da fing Holmes über höhere Finanzen zu reden an, wovon ich nichts verstehe. Ich hörte Begriffe wie Schuldverschreibungen,

Pfandbriefe, Ausschüttungen, Dividenden, Kapitalisierung und vieles mehr. Schließlich traten wir wieder auf die Lombard Street, Holmes mit vielen kleingedruckten Dokumenten in der Hand, und hörten uns zum Abschied Versicherungen äußerster Wertschätzung etc. an.

Wir gingen in Richtung Royal Exchange, Holmes völlig in Gedanken versunken. Ich weiß, daß es in einem solchen Fall besser ist, ihn nicht herauszureißen, und mußte die Bemerkungen für mich behalten, die ich gern gemacht hätte.

Wir hatten die Straßenkreuzung überquert und spazierten bereits die Princes Street hoch, vorbei an der Bank of England, ehe Holmes endlich etwas sagte. »Es ist merkwürdig, Watson. Wir haben hier einen Mann, der kaum mehr als ein Büroangestellter ist und schätzungsweise hundert Pfund im Jahr verdient – zweihundert im Höchstfall, wenn Harwood's großzügige Arbeitgeber sind, aber er wohnt in einer vornehmen Gegend, direkt am Regents' Park, und beschäftigt eine Köchin, ein Kindermädchen und zwei Hausmädchen. Und mein Besuch in der Küche heute morgen hat mir verraten, daß auch mit nichts gegeizt wird.«

Ich warf ein, daß meine Gedanken eine ähnliche Richtung eingeschlagen hatten.

»Ich glaube nicht, daß ich mich täusche, wenn ich annehme, daß allein seine Ausgaben in der Park Road doppelt so hoch sind wie sein Gehalt von der Bank«, fuhr Holmes fort. »Seine Köchin erzählte mir, daß die Familie den Sommer außerhalb von London zubringt, gewöhnlich in Margate, Mr. Emshort selbst bleibt allerdings in der Stadt.«

Wir kehrten mit der Untergrundbahn zur Baker Street zurück. Dort rief Sherlock Holmes als erstes eine seiner Ermittlerinnen an, eine Miss Jennie Baxter, und ersuchte sie, im Somerset House nachzusehen, ob Mr. Robert Emshort als Begünstigter irgendeines Testaments aufgeführt sei und ob etwas über seine Verheira-

tung zu finden sei, und wenn ja, ob seine Gattin über ein größeres Vermögen verfüge.
Nachdem das getan war, schlüpfte Holmes in eine bequeme Hausjacke und setzte sich zu seinen Reagenzgläsern, seinem Bunsenbrenner und dem Inhalt eines Päckchens mit amerikanischen Briefmarken, wie ich bemerkte.
Ganz offensichtlich hatte er das Emshort-Problem in einen hinteren Winkel seines Kopfes verbannt, bis er weitere Informationen erhielt. Dadurch war auch meine Anwesenheit jetzt überflüssig. Diese Gewohnheit Holmes', einfach »abzuschalten«, ist manchmal recht beleidigend; man kommt sich wie ein Geist vor, der sich der Welt der Lebenden nicht mitteilen kann. Also überließ ich ihn wortlos seinen Experimenten und kehrte in meine eigene Wohnung zurück.

Mein Nachmittagstermin war rasch erledigt, und ich konnte mich mit Miss Footage über die vormittäglichen Ereignisse unterhalten – ich hatte es mir angewöhnt, alles mit ihr zu besprechen. Obwohl sie erst Anfang zwanzig ist und aus einer unterprivilegierten Schicht kommt, hat sie ihre Pflichten rasch gelernt. Außerdem hat sie einen wachen Verstand, und sie wurde mir mehr zur Vertrauten denn lediglich zur Sprechstundenhilfe.
Sie war der Meinung – und ich konnte ihr nur beipflichten –, daß Mr. Emshort nicht »ganz astrein« war, wie sie es ausdrückte, und »mehr dahintersteckte«, als es den Anschein hatte. Doch bei der Vermutung, wie er es fertigbrachte, bei seinem Einkommen ein solches Haus zu führen, schieden sich unsere Geister. Während ich zu der Ansicht neigte, daß er reich geheiratet hatte, meinte Miss Footage, daß er der Kopf eines Verbrechersyndikats sei.
Meine Meinung war, daß sich das Baby in Gefahr befunden hatte, lediglich eines Lösegelds wegen entführt zu werden, während Tilly glaubte, daß es sich um ein größeres Komplott der

Unterwelt von London handelte, die einer Bande zur Oberhand über die von Mr. Emshort geleitete Organisation verhelfen wollte.
Tilly bekam feuchte Augen, als sie über das Baby sprach, dessen sie sich am gestrigen Nachmittag angenommen hatte, und dann wurde sie sentimental über Babies im allgemeinen. Ich unterbrach ihren Monolog, da er uns nicht weiterhalf, und riet ihr, in ihre eigenen Wohnung zurückzukehren, was sie, falls ich das überhaupt beurteilen kann, nur mit einigem Zögern tat.
Wie ich bereits andeutete, stieg Miss Tilly Footage von einer einfachen Sprechstundenhilfe und Sekretärin in meiner Praxis zu einer Vertrauensstellung auf. Meine Hauptbesorgnis war, daß sie sich nun ein noch größeres Maß an Vertrautheit herausnehmen könnte. Es ist zwar sehr angenehm, tüchtiges Personal zu haben, aber es wurde von Tag zu Tag schwieriger, sie dazu zu bringen, meine Wohnung am Abend überhaupt noch zu verlassen. Sie behauptete immer wieder, daß »sie gern noch bliebe und alles tun würde«. Ich war mir nicht sicher, welches Ziel sie als meine Angestellte eigentlich erstrebte.
Nachdem sie gegangen war, machte ich mir jedenfalls einen angenehmen Abend mit einem Roman des mir bisher unbekannten Schriftstellers Arnold Bennett. Das Buch hatte ich erst vor wenigen Tagen in der Londoner Bibliothek am St. James's Square ausgeliehen.

Die Entführung

Als ich am nächsten Morgen meine *Times* erhielt, vergaß ich die Sorgen, die ich mir wegen Miss Footage gemacht hatte. Ein Artikel weckte mein Interesse. Es ging um eine Versammlung, zu der Mrs. Millicent Fawcett im Namen der Nationalen Union für das Frauenwahlrecht in Manchester aufgerufen hatte. Ich vermutete, daß wir durch einige dieser Damen in geraumer Zeit Schwierigkeiten bekommen würden, deshalb studierte ich diesen Artikel sorgfältig, um so gut wie möglich informiert zu sein, falls Holmes und ich gebeten wurden, irgendwann einmal eine Untersuchung ihrer Aktivitäten durchzuführen. Auf der Lokalseite bannte sofort eine kurze Meldung meinen Blick: Ein Kindermädchen, das bei einer Mrs. April Trellis in der Park Road am Regents' Park arbeitete, war offenbar am vergangenen Abend entführt worden! Für mein Frühstück in der Queen Anne Street nehme ich mir gewöhnlich nicht sehr viel Muße. Auch heute hatte ich die Zeitung gelesen, während ich mich rasierte und gleichzeitig meine zweite Tasse Tee trank. Den restlichen Tee in der Tasse ließ ich stehen und gestattete mir nur noch soviel Zeit, mein Kinn fertig zu schaben, ehe ich meinen Mantel überzog.

Ich hätte vermutlich telefonieren sollen, aber ich kann mich immer noch nicht so recht an diese neumodischen Erfindungen gewöhnen, außerdem bin ich mir nicht sicher, daß man über diesen Apparat ein vertrauliches Gespräch führen kann. Jedenfalls stand ich bereits innerhalb von zehn Minuten an der Haustür der Nummer 221b in der Baker Street und wurde sogleich von Mrs. Hudson eingelassen. Ich hastete an meiner ehemaligen Hauswirtin vorbei, raste die Treppe zu Holmes' Räumlichkeiten hoch und schwenkte die Zeitung. »Holmes!« rief ich. »Haben Sie das gesehen?«

Holmes war gar nicht da!
Ich lehnte mich über das Treppengeländer, um Mrs. Hudson nach meinem Freund zu fragen. Die gute Seele schien mir ein wenig verärgert. »Wenn Sie so höflich gewesen wären, mit mir zu sprechen, ehe Sie hereinstürmten«, entgegnete sie, »hätte ich Ihnen gleich sagen können, daß Mr. Holmes bereits ausgegangen ist!«
»Aber wo ist er so früh am Tag schon hin?« rief ich.
»Er bat mich, Ihnen auszurichten, daß Sie ihn in der Park Road 24 finden würden«, antwortete sie. »Er verließ vor etwa einer halben Stunde das Haus.«
Ich stieg, so schnell ich es mit einiger Würde vermochte, die Treppe hinunter, bedankte mich bei Mrs. Hudson für die Übermittlung der Nachricht und eilte über die Baker Street zum Regents' Park.
Als ich die Park Road erreichte, wurde mir sofort klar, welches das Haus der Trellis war, da ein Schutzmann vor der Nummer 32 stand und jeden Passanten mißtrauisch beäugte. Typisch, die Stalltür zu verriegeln, nachdem das Pferd durchgegangen war!
Holmes hatte mir ausrichten lassen, daß ich ihn in Nummer 24 finden würde, also ignorierte ich den Polizisten und ging zu dem fünf Türen von ihm entfernten Eingang. Auf mein Klopfen öffnete niemand anderes als das Kindermädchen Miss Scott. Sie machte einen Knicks vor mir und bat mich einzutreten. Ich sagte ihr, ich hätte gehört, daß Mr. Holmes hier sei, und sie antwortete, daß er bei Mrs. Emshort sei und sie infolgedessen erwarte, ihre Stellung zu verlieren.
»Ah, Watson!« begrüßte mich mein Freund, als ich in ein elegant ausgestattetes Wohnzimmer gebeten wurde. »Mrs. Emshort, gestatten Sie, daß ich Ihnen meinen Kollegen, Dr. John Watson, vorstelle?«
Ich nahm die angebotene Hand der Dame und murmelte die üblichen Höflichkeitsfloskeln.

Holmes, der bei meinem Eintreten gesprochen hatte, wandte sich wieder der Dame des Hauses zu und setzte seinen von mir unterbrochenen Bericht fort.

»Also hat Miss Scott, wahrhaftig eine sehr überlegt handelnde junge Dame, eine Visitenkarte aus Dr. Watsons Aktentasche genommen und konnte deshalb Ihren kleinen Sohn zurückholen, sobald sie es für ungefährlich erachtete. In diesem Fall war sie vielleicht etwas übervorsichtig in ihrer Sorge um die Sicherheit des Babys, aber ich finde, das ist eine lobenswerte Eigenschaft bei einem Kindermädchen.«

»Ein sehr nettes und intelligentes Mädchen!« warf ich rasch ein. Denn falls Miss Scotts Stellung durch Holmes' Erklärung gefährdet würde, mußte etwas getan werden, ihr zu helfen.

Die Dame des Hauses ignorierte meinen Einwurf und sagte: »Sehr interessant, Mr. Holmes, aber warum haben Sie mir das alles erzählt?«

»Tatsache ist, daß ich in diesem Fall ein Brett vor dem Kopf gehabt haben muß. Ich habe mich ganz auf das Baby und seine Familie konzentriert, statt auf das Kindermädchen. Deswegen zog ich verschiedene Erkundigungen über Ihren Gemahl ein, das möchte ich Ihnen gestehen, ehe Sie möglicherweise auf Umwegen davon erfahren.«

»Was wollten Sie denn über uns wissen, Mr. Holmes?« fragte Mrs. Emshort.

»Nun, da ich Ihr Haus betreten und Sie gesehen habe, sind meine Fragen bereits beantwortet«, erwiderte Holmes.

»Könnten Sie mir das erklären?«

»Selbstverständlich. Nach allem hier ist mir klar, daß Ihr offensichtlicher Reichtum ererbt ist – wahrscheinlich von Ihrem Zweig der Familie; daß er, zumindest zum Teil, der East India Company zu verdanken ist; daß Sie eine emanzipierte Dame sind; daß Ihr Gemahl das King's College in Cambridge besuchte und

Rugby für die Universität spielte; daß er sein Licht in der City absichtlich unter den Scheffel stellt; daß es hier vor kurzem erst eine Aufregung mit Dienstboten gab; und daß Sie Besuch erwarten.«

»Und«, warf ich ein, um ein bißchen anzugeben, wie ich gestehen muß, »Sie heißen mit Vornamen Perdita.«

»Wie können Sie das alles wissen?« stammelte Mrs. Emshort.

»Es läßt sich nicht übersehen«, antwortete Holmes, »daß für Ihren Lebensstandard ein gewisses Einkommen erforderlich ist. Und ich sehe hier verschiedene Kunstgegenstände aus dem indischen Subkontinent – wie das krumme Kurzschwert, ein Kukri, an der Wand, oder der Elefantenfuß, den Sie als Schirmständer in der Diele verwenden. Aber auch viele der Vorhänge sind aus Indien, viel zu viele, würde ich meinen, um sie hier zu kaufen. Ich schließe daraus, daß alles gemeinsam aus Indien kam, wahrscheinlich als Ihre Eltern von dort zurückkehrten. Auf dem Beistelltischchen neben dem Sessel liegt eine politische Abhandlung von Mrs. Pethick-Lawrence, was mir verrät, daß Sie sich für die Frauenbewegung interessieren.

Die Urkunde an der Wand trägt das Wappen des King's College, woraus ich schließe, daß Ihr Gemahl es besucht hat, und in dem Schrank dort drüben sehe ich eine Quastenmütze, wie sie erfolgreichen Rugbyspielern verliehen werden. Ihr Gemahl hat gegenwärtig eine ziemlich niedrige Stellung in einer Bank in der City, aber seine Mitgliedschaft im Institut für Bankiers geht offen aus der gerahmten Urkunde an der anderen Wand hervor – was mich zu der Vermutung veranlaßt, daß er in geheimer Sache als Ermittler tätig ist. Ich wurde vom Kindermädchen hereingebeten, was nicht zu seinen normalen Pflichten gehören dürfte, und ich bemerkte eine Staubschicht, auf dem Klavier beispielsweise; das kann nur bedeuten, daß ein Dienstbote krank ist oder sonstwie fehlt. Und so, wie Sie immer wieder auf die Uhr blicken, vermute ich, daß Sie Besuch erwarten.«

»Und woher kennen Sie meinen Vornamen?« wandte die Dame des Hauses sich an mich.
Ich errötete. »Auf dem Tischchen neben mir liegt ein mit Ihrem vollen Namen adressierter Brief.«
»Sehr beeindruckend, Gentlemen. Sie haben in jeder Beziehung recht. Mein Vater war ein Direktor der John Company in der Kalkuttaer Niederlassung. Er kehrte 1860 nach England zurück und brachte sehr viele in Indien erworbene Sachen mit. Er heiratete meine Mutter einige Jahre später hier in London. Sie sind beide verstorben, und ich erbte dieses Haus mitsamt Einrichtung vor vier Jahren. Zuvor hatten wir in Cambridge gewohnt, wo mein Gatte zur Schule und auf die Universität ging. Er war dort Besitzer einer Bank, die von der National & County Bank gekauft wurde. Es war abgemacht, daß die Direktoren ihn als Führungskraft übernehmen würden, sobald wir nach London zogen, doch statt dessen – aber ich muß Sie ersuchen, dies als streng vertraulich zu behandeln, meine Herren – ersuchten sie ihn, einen niedrigen Posten in einer Privatbank anzunehmen, da von höherer Stelle im Bankgeschäft dort ein Betrug größeren Ausmaßes befürchtet wird, der mit verschiedenen südafrikanischen Goldminen zusammenhängt. Mein Gatte wird in zehn Tagen einem Komitee der Bank of England Bericht erstatten und nimmt an, daß die Sache der Staatsanwaltschaft übergeben wird.«

Ich freute mich insgeheim, daß sowohl meine Erklärung wie die von Tilly Footage, was Mr. Emshort betraf, auf ihre Weise richtig war.
»Mein Hausmädchen hat Influenza«, fuhr Mrs. Emshort fort, »und muß das Bett hüten. Und ich warte auf den Besuch des Vikars von All Souls, dem ich eine Spende versprochen habe.«
»Haben Sie Dank für Ihre Offenheit, Mrs. Emshort«, sagte mein Freund. »Ich versichere Ihnen, daß Ihr Vertrauen nicht miß-

braucht wird. Ich hoffe nur, daß durch unseren Besuch in der Lombard Street keiner der Betrüger mißtrauisch wurde.«

»Kann ich Ihnen sonst noch behilflich sein, Mr. Holmes?« erkundigte sich die Dame.

»Ich kann wohl nicht erwarten, daß Sie etwas über das Kindermädchen der Familie Trellis wissen, das verschwunden ist, aber vielleicht hat Ihr Kindermädchen ein paar Worte mit ihm gewechselt. Habe ich Ihre Erlaubnis, mit Miss Scott zu sprechen?«

»Aber natürlich. Ich glaube, ich habe die junge Frau schon einmal gesehen, doch Helen kann Ihnen vermutlich mehr über das Mädchen sagen als ich«, antwortete Mrs. Emshort. »Dürfte ich Sie bitten, sie im Frühstückszimmer zu befragen? Wie ich schon sagte, erwarte ich jeden Augenblick den verehrten Vikar, und ich möchte ihn hier empfangen.« Sie zog an der Klingelschnur neben dem Kamin.

Wenige Sekunden später trat Helen Scott ein. Mrs. Emshort bat sie, sich mit uns zum Frühstückszimmer zu begeben, und sagte, daß sie die Haustür selbst öffnen werde, wenn das nächste Mal geläutet würde.

Wir folgten Miss Scott ein Stück den Gang entlang und gelangten in das Frühstückszimmer.

»Miss Scott«, begann Holmes sofort, »Sie haben doch gehört, daß das Kindermädchen von Nummer 32 auf mysteriöse Weise verschwunden ist, nicht wahr?«

»O ja!« Miss Scott blickte ihn mit großen runden Augen an. »Es war gestern gegen fünf Uhr nachmittags. Ich kehrte mit Adrian von unserem wöchentlichen Ausflug in den Zoo zurück und bemerkte, als ich mit dem Wägelchen auf die Straße einbog, daß am anderen Ende etwas Ungewöhnliches passierte. Was genau, erfuhr ich erst später, aber jedenfalls sah ich, wie zwei Männer dieses Mädchen in eine Droschke luden und sofort losfuhren. Den Kinderwagen ließen sie unbeaufsichtigt auf dem Bürgersteig stehen.«

»Was haben Sie getan?« fragte Holmes.
»Ich rannte die Straße hoch – außer mir war niemand hier (so ist es immer, wenn man jemand braucht!), und als ich den Kinderwagen erreichte, sah ich, daß es Stephen war, Mrs. Trellis' Kleiner. Also schob ich beide Kinderwagen herunter, klopfte bei Mrs. Trellis und erzählte ihr, was passiert war. Dann kehrte ich hierher zurück.«
»Hat die Polizei Sie bereits befragt?«
»O ja«, antwortete das Mädchen. »Eine Stunde nachdem es passiert war, kam ein Inspektor Lestrade von Scotland Yard hierher, und ich erzählte ihm alles.«
»Kannten Sie das Kindermädchen der Trellis?« fragte Holmes.
»Ich bin ihr zweimal begegnet, aber sie hat sich wohl ein wenig abgesondert. Ich glaube, sie ist Ausländerin.«
»Eine Ausländerin?« Holmes blickte sie fragend an.
»Ja. Eine Deutsche oder eine Holländerin. Ihr Englisch war gut, aber nicht natürlich – wenn Sie wissen, was ich meine. Französin ist sie bestimmt nicht. Aber wie gesagt, sie könnte eine Deutsche sein. Oder Skandinavierin. Oder Ungarin oder so was.« Ich vermutete, daß Helen Scotts Geographiekenntnisse etwas oberflächlich waren.
»Wissen Sie, wie lange sie bereits in der Park Road arbeitete?« fragte Holmes.
»Ich weiß leider gar nichts über sie«, gestand Miss Scott. »Wie ich schon sagte, verkehrte sie nicht mit uns anderen Kindermädchen. Sie setzte sich nie zu uns, wenn wir unsere Wägelchen im Park im Kreis aufstellten und uns miteinander unterhielten.«
»Das hört sich an, als wollten Sie sich gegen Indianer verteidigen«, warf ich ein.
Sie blickte mich verständnislos an. »Wie bitte?«
Es gibt eben Leute, die keinen Sinn für Humor haben, also winkte ich ab.
»Gut«, sagte Holmes. »Wenn Lestrade die Untersuchung leitet,

könnten wir zu ihm rübergehen und sehen, was sich tut. Bitte sagen Sie Ihrer Herrin in unserem Namen noch einmal Dank, daß sie sich Zeit für uns genommen hat. Sie brauchen uns nicht zur Tür zu bringen.«

Nach dem wegen der dichten Vorhänge im Haus herrschenden Dämmerlicht blendete mich die strahlende Morgensonne, als wir wieder auf der Straße waren. Holmes fragte mich, ob ich zufrieden war mit Mrs. Emshorts Erklärungen über ihren Gemahl. Ich erwiderte, daß ich keinen Grund sähe, sie anzuzweifeln. Holmes schien mir nicht so zufrieden, weihte mich jedoch nicht in seine Gedanken ein.

»Ich hoffe, Lestrade hat nichts dagegen«, sagte mein Freund, »daß wir uns in einen seiner Fälle einmischen, aber ich fühle mich irgendwie persönlich betroffen.« Mit diesen Worten schritt er rasch die Straße hinunter zu dem Polizisten und fragte ihn, ehe ich aufgeholt hatte, ob sich Inspektor Lestrade im Haus befinde. Der Schutzmann bejahte es, drehte sich um und klopfte an die Tür. Mir schien, daß der Mann damit seine Befugnisse überschritt, und wenn ich Lestrade gewesen wäre, hätte ich ihm eine Rüge erteilt, weil er eine Ermittlung störte. Ein anderer Polizist öffnete, und der erste sagte, daß »dieser Herr« mit dem Inspektor reden wollte.

Holmes, der manchmal sehr pedantisch sein kann, berichtigte ihn. »Nein, Konstabler, ich erkundigte mich lediglich, ob sich Inspektor Lestrade im Haus befindet. Ich sagte nicht, daß ich mit ihm reden wollte, aber da Sie das bereits besorgt haben – dürfte ich nun bitte mit dem Inspektor sprechen?«

Der Polizist trat zur Seite und ließ uns beide in die Diele. »Warten Sie hier.« Er schloß die Haustür und eilte den Gang entlang.

Nummer 32 schien nach dem gleichen Plan gebaut worden zu sein wie Nummer 24, doch natürlich war die Einrichtung anders. Im Haus der Emshorts war ein unverkennbar orientalischer Einschlag gewesen, hier dagegen war der Stil sehr englisch, vielleicht ein wenig altmodisch. Ich fand den Geschmack des Besitzers etwas düster – die Teppiche waren dunkelrot, das Holz der Möbel fast schwarzbraun und die Tapeten braun. Das Messinggeländer, in dem sich die Farben des bleiverglasten, lünettenförmigen Fensters über der Tür spiegelten, war der einzige Lichtpunkt in dieser Düsternis.

Wir warteten über fünf Minuten, dann schwang die Tür am Ende des Ganges auf, und Inspektor Lestrade trat heraus.

»Mr. Holmes!« rief er. »Was machen Sie denn hier? Die Familie hat Sie doch nicht etwa gerufen, oder?«

»Nein, Lestrade«, antwortete mein Freund. »Es handelt sich hier eigentlich um Dr. Watsons Fall. Ich bin nur als interessierter Begleiter dabei.«

»Was hat denn dieser Fall mit Ihnen zu tun, Doktor?« erkundigte sich Lestrade überrascht.

Ich räusperte mich verlegen, denn ich hatte nicht damit gerechnet, daß ich so ins Rampenlicht gestoßen würde; da rettete Holmes mich.

»Vielleicht sollten wir die Erklärung auf ein andermal verschieben«, meinte er. »Die Tatsache bleibt jedoch, daß wir hier sind, Lestrade. Wir werden Ihnen bestimmt nicht in die Quere kommen, aber dürfte ich Ihnen meine bescheidene Hilfe in diesem Fall anbieten? Ohne Verpflichtungen Ihrerseits.«

»Nun«, sagte der Inspektor, »ich weiß zwar nicht, weshalb Sie hier sind, Mr. Holmes, aber ich halte es für eine einfache Entführung.«

»Keine Entführung ist einfach«, entgegnete mein Freund. »In jedem Fall dieser Art gibt es zumindest fünf mögliche Gründe. Der üblichste ist, daß die Entführer Lösegeld von Nahestehenden des Entführten erpressen wollen. Könnte man in diesem Fall die Familie Trellis als Nahestehende erachten oder die Eltern der bedauernswerten jungen Frau? Das Verbrechen könnte auch begangen worden sein, um Druck nichtfinanzieller Art auf jemanden auszuüben – vielleicht, um dieser Person klarzumachen, daß sie etwas weiß, das den Entführern oder ihren Auftraggebern schaden könnte. Vielleicht wurde die junge Frau auch nur um ihrer selbst willen entführt – von einem Mädchenhändler möglicherweise, oder auch, um sie zu einem ihr bekannten oder auch nicht bekannten Anbeter zu bringen. Vielleicht wurde sie nur entführt, weil es die einfachste Weise war, an etwas heranzukommen, das sie an sich trug, wie ein bestimmtes Kleidungsstück oder Schmuck, oder um wichtige Information aus ihr herauszuholen – ich muß allerdings zugeben, daß das in diesem Fall unwahrscheinlich ist. Die einfachste Erklärung wäre, daß man sie für jemand anderes gehalten hat.«

»Nun«, sagte Lestrade, »sobald die Entführer sich melden, werden wir Näheres erfahren.«

»Diese Naivität paßt nicht zu Ihnen, Inspektor. Die Entführer werden sich nur melden, wenn es um Lösegeld geht. Es ist jedoch ebenso möglich, daß wir lediglich die Leiche der jungen Frau zu sehen bekommen. Oder daß die Entführer Druck auf die Familie des Mädchens ausüben werden, die wahrscheinlich auf dem Kontinent lebt. Übrigens, wo ist sie her?«

»Es ist besser, Sie unterhalten sich mit der Arbeitgeberin des Mädchens, Mr. Holmes«, lud Lestrade ihn ein. »Vielleicht kriegen Sie mehr aus ihr heraus, als es mir bisher gelungen ist. Kommen Sie mit.«

Wir folgten ihm den Gang entlang in ein Zimmer, das so drükkend eingerichtet war wie die Diele. Ein schwarzer Marmorkamin beherrschte es, obwohl die dreiteilige schwarze Couchgarnitur schon wuchtig genug war. Die schweren Brokatvorhänge waren trotz des strahlenden Vormittags zugezogen, und das Gaslicht brannte, allerdings mit niedriger Flamme. Auf der Couch lag eine bleiche Gestalt in schwarzem Morgenrock, deren Haut in der Düsternis fast erschreckend weiß wirkte. Ein korpulenter

Mann in schwarzem Cut und schwarzer Krawatte stand mit dem Rücken zum kalten Kamin.
»Verzeihen Sie, wenn ich noch einmal störe«, entschuldigte sich Lestrade, »es sind zwei meiner Kollegen eingetroffen. Mr. Sherlock Holmes und Dr. Watson – Mr. Stanley Trellis und Mrs. Trellis.«
Holmes neigte den Kopf vor Mr. Trellis und verbeugte sich knapp vor seiner Gemahlin. »Selbst auf die Gefahr hin, Sie mit Fragen zu belästigen, die Ihnen Inspektor Lestrade bereits gestellt hat, möchte ich Sie bitten, mir Näheres über die junge Dame zu erzählen, die verschwunden ist.«
»All dieses Gerede, das zu nichts führt!« knurrte Stanley Trellis. »Ich muß mein Einkommen verdienen, und ich weiß nichts über das Personal meiner Gattin. Einen guten Tag noch, Gentlemen. Ich hoffe, Sie wissen schon ein wenig mehr, wenn ich von der City zurückkomme. Ich bin sicher, meine Gattin wird Ihnen helfen, so gut sie kann.«
»Einen Augenblick noch, Mr. Trellis«, sagte Holmes. »Darf ich fragen, welchem Beruf Sie nachgehen? Und für welche Firma Sie arbeiten?«
»Ich verstehe zwar nicht, was Sie das angeht und welchen Bezug es zu diesem Vorfall hat, aber wenn Sie es wissen wollen, ich bin im Furniergeschäft und handle hauptsächlich mit Holzverkäufern im Baltikum. Ich bin der Vorsitzende und leitende Direktor von Trellis & Trellis – gegründet von meinem Vater und dessen Bruder –, und das Kontor meiner Firma befindet sich in Angel Pavement.«
»Und Sie wissen nichts von dieser jungen Frau, die Ihren Haushalt auf so ungewöhnliche Weise verlassen hat?«
»Nein, Sir. Kaum daß ich ihren Namen kenne. Meine Gattin ist für die Domestiken zuständig. Ich überlasse die Führung des Haushalts ihr, so gut sie es kann. Kann ich jetzt gehen?«
»Selbstverständlich, Mr. Trellis«, antwortete mein Freund be-

schwichtigend. »Es könnte natürlich sein, daß wir Sie zu einem späteren Zeitpunkt noch einmal belästigen müssen.«
»Schon gut.« Mr. Trellis hauchte einen Kuß auf die Stirn seiner Gemahlin und eilte aus dem Zimmer.
»Nun, Mrs. Trellis«, Holmes rieb die Hände aneinander, »vielleicht können Sie uns jetzt Näheres über diese bedauernswerte junge Frau sagen.«
»Natürlich, Mr. ...– ich fürchte, ich habe Ihren Namen nicht verstanden.« Mrs. Trellis richtete eine matte Hand auf den großen Detektiv.
»Ich heiße Holmes, Madam«, antwortete mein Freund leicht ungehalten. »Vielleicht dürften wir nun den Namen der jungen Person erfahren, in deren Fall wir ermitteln?«
»Natürlich, Mr. Holmes. Sie heißt Maria.«
»Maria – wie?« Das klang noch etwas gereizter.
»Maria Bolow. Sie ist Deutsche. Aus lutheranischer Familie. Ist seit fünf Monaten hier. Die Familie hat sie geschickt, damit sie Englisch lernt. Ist mein Riechsalz in der Nähe?«
Holmes trat zu einem Beistelltischchen durchaus in Reichweite der Dame und gab ihr das kleine Fläschchen, das sie unter ihrer Nase vorbeischwenkte. Ich roch eine auf Salmiak basierende Substanz.
»Hat auf das Baby aufgepaßt. Sprach kaum Englisch. Absolut unnützes Ding.« Mrs. Trellis schien mit ihren Worten, die wir ihr beinahe aus der Nase ziehen mußten, sehr sparsam umzugehen. »Weiß nichts über sie. Oder wen sie hier traf. Ärgerlich. Muß neues Kindermädchen interviewen.«
Lestrade kochte über. »Die Entführung dieser jungen Dame ist etwas mehr als nur eine kleine Unannehmlichkeit für Sie, Madam!«
»Wahrscheinlich haben Freunde sie mitgenommen. Es geht ihr sicher gut.« Wenig schien Mrs. Trellis zu berühren. »Unverschämt! Nehmen keine Rücksicht auf ihre Dienstherren!«

Holmes hatte Mrs. Trellis offenbar bereits abgeschrieben. Bestimmt war sie keine Hilfe bei der Beschreibung des Mädchens, geschweige denn ihrer Entführer. »Vielleicht dürfte ich Ihre Dienstboten befragen?«

»Tun Sie's. Köchin. Hausmädchen. Magd. Gärtner. Alle unten.« Mrs. Trellis hob wieder das Riechsalz an die Nase. »Die Nerven«, bemerkte sie. »Schicken Sie das Mädchen«, wies sie uns mit verabschiedender Geste an.

Wir drei Männer verließen das Zimmer. Unmittelbar gegenüber befand sich eine schmale Treppe, die uns Holmes hinunterführte. Am Fuß war ein großer Raum, so hell und luftig nach dem düsteren, verhangenen Zimmer oben, daß es fast war, als wären wir ins Freie gelangt. An einem großen, blankgescheuerten Tisch saß vollzählig das von der Dame des Hauses aufgeführte Personal und trank Tee.

Holmes stellte uns vor. »Einen schönen Tag allesamt. Ihre Herrin gestattete uns, Sie hier aufzusuchen und mit Ihnen über Maria Bolow zu sprechen. Oh, sie verlangt nach Ihnen«, wandte er sich an eine kecke junge Miss. »Kommen Sie zurück, sobald es geht.« Das Mädchen streifte uns in ihrer Eile, nach oben zu kommen.

»Madam leidet schrecklich unter ihren Nerven«, sagte die Frau, die ich für die Köchin hielt. »Ich persönlich hab' ganz gern Tageslicht, aber es gibt eben solche und solche, nicht wahr?«

»Das stimmt, Mrs. ...?«

»Hudson ist mein Name«, antwortete die Köchin. »Wittib von Thaddeus Hudson von Pimlico. Und Köchin hier seit drei Jahren.«

»Ich fühle mich bereits wohl bei Ihnen«, sagte Holmes einschmeichelnd. »Die Dame, die für mich kocht, ist ebenfalls eine Mrs. Hudson.«

»Die einzige andere Mrs. Hudson, die ich kenn', wohnt in der Baker Street«, erklärte die Köchin. »Und sie kümmert sich um diesen Detektiv – wie heißt er gleich?«

»Sherlock Holmes?« fragte Sherlock Holmes.
»He! Das sind doch nicht Sie, oder?« Holmes nickte bestätigend.
»Dann müssen Sie Dr. Watmann sein!«
Lestrade schüttelte den Kopf. »Ich bin Inspektor Lestrade von Scotland Yard. Das ist Dr. Watson.«
»Ich kann's nicht fassen!« rief die Köchin aufgeregt. »Also das ist John Gorse – er ist der Gärtner, und er hilft mit bei der Arbeit, die für die Mädchen zu schwer ist. Das da ist Sarah Pygot, das Hausmädchen. Und Bella Chipchase, die Sie hinaufgeschickt haben, ist hauptsächlich zur persönlichen Bedienung von der Madam da.«
Die beiden anderen Dienstboten nickten, als sie vorgestellt wurden, dann wandten sie sich wieder dem intensiven Studium ihrer Teetassen zu.
»Also, was können wir für Sie tun, Gents?« erkundigte sich Mrs. Hudson. »Wie wär's zuerst mit einer Tasse Tee?«
Nachdem sie uns Tee eingeschenkt und uns an den Tisch eingeladen hatte, setzte sie sich wieder, lehnte den üppigen Busen auf die verschränkten Arme und forderte uns auf, »loszufragen«.
»Erzählen Sie uns als erstes alles, was Sie über Maria Bolow wissen«, bat Holmes.
»Nun, sie heißt nicht bloß Maria Bolow, sondern Maria von Bolow – so hat's auf dem Brief gestanden, den sie vorige Woche gekriegt hat. Und sie ist Deutsche, von irgendwo aus dem Norden von Deutschland. Und sie ist zwanzig, und ihr Geburtstag ist am 7. Oktober. Und ihr Vater ist ein verdammt wichtiger Mann. Und sie ist da, um Englisch zu lernen – und ich glaub', um ein Weilchen weg von zu Haus zu sein. Und sie braucht das Geld nicht, das die Madam da oben ihr gibt, sie hat ihr eigenes Bankkonto!«
Das Hausmädchen, ein abgearbeitetes kleines Ding mit ziemlich angeknabberten Fingernägeln, wie ich bemerkte, warf ein: »Sie

ist furchtbar nett, wirklich. Sie hat mir schon viel geschenkt, auch das Tuch da!« Sie nahm den bunten Schal vom Hals.
Holmes griff danach und untersuchte ihn auf seine übliche sorgfältige Weise, ehe er ihn ihr zurückgab.
»Und sie kennt diese lateinischen Namen für alle Pflanzen«, sagte John Gorse. »Und sie weiß alles über die Bäume und so.«
Das Mädchen kehrte jetzt mit mürrischer Miene von oben zurück. »Ich bleib' nicht mehr lang in dieser Stellung!« erklärte sie verärgert. »Ich mag Invalide gar nicht! Und jetzt soll ich mich außer um sie auch noch um das Baby kümmern. Das mach' ich nicht!«
»Vielleicht können wir Maria zurückholen«, versuchte Holmes sie zu beruhigen. »Wissen Sie etwas über sie, was uns weiterhelfen könnte?«
»Ich weiß nicht.« Das Mädchen überlegte. »Sie kommt aus der Nähe von Hamburg, aus einer Kleinstadt, in der es ein Schloß und all das gibt. Ihr Vater ist dort ein hoher Herr. Und im September wollte sie ihre Stellung hier aufgeben, genau wie ich es tun werd'!«
»Hat einer von Ihnen in letzter Zeit bemerkt, daß sich irgendwelche Fremden hier in der Gegend herumtreiben?« fragte Holmes.
Der Gärtner schüttelte den Kopf, aber die Köchin sagte: »Zwei Ausländer sind in den letzten zwei Tagen ein paarmal die Straße auf und ab marschiert!«
»Woher wissen Sie, daß es Ausländer waren?« fragte Lestrade.
»Ich denk' es mir halt, hauptsächlich weil der Schnitt ihrer Anzüge anders war.«
Ich fand es an der Zeit, auch etwas beizutragen. »Können Sie sie beschreiben?« fragte ich.
»Sie hatten Dutzendgesichter und braune Haare und waren von mittlerer Größe, und der mit der Brille hatte einen Schnurrbart – oder war das der ohne Schnurrbart? Beide hatten sehr straffe

Haltung – Sie wissen schon, wie Soldaten, nicht wie Arbeiter. Und, wie ich schon gesagt hab', sie waren ausländisch angezogen.«

Wir blieben noch eine Weile in der gemütlichen Küche und unterhielten uns, erfuhren jedoch nichts mehr von Bedeutung. Als wir uns von den Dienstboten verabschiedeten, erklärte Holmes, allerdings widerwillig, daß er die Dame des Hauses noch einmal belästigen müsse, und bat Bella, uns anzumelden. Das Mädchen führte uns die Treppe wieder hoch und klopfte an die Wohnzimmertür. Es erfolgte kein Herein, trotzdem öffnete Bella sie. Eine nörglerische Stimme beschwerte sich leicht über die Störung.

Holmes trat in das Zimmer und sagte: »Verzeihen Sie, Madam, ich habe nur noch eine letzte Frage über Maria Bolow. Wie kam sie in Ihr Haus?«

»Das letzte Mädchen ging. Maria kam. Ich stellte sie ein.«

Das genügte Holmes nicht. »Aber wie kam es zu dem Einstellungsgespräch? Hatten Sie die Stellung irgendwo ausgeschrieben?«

»In der *Times*. Und in *The Lady*. Niemand sonst meldete sich.«

»Schrieb sie Ihnen? Bat sie, sich vorstellen zu dürfen?«

»Nein. Ist einfach gekommen. Habe sie genommen. Riechsalz!«

Zweifellos war das Gespräch damit beendet.

In der Baker Street

Lestrade redete auf seine Konstabler ein, als wir ihn in der Park Road zurückließen, nachdem Holmes ihm den Tip gegeben hatte, sie in den Regents' Park zu schicken, um dort Kindermädchen zu befragen, die ihre Pflegebefohlenen an die frische Luft führten.

Holmes und ich begaben uns in die Baker Street 221b, wo Holmes sich sofort mit seiner Nachschlagebibliothek beschäftigte. Diese Bibliothek ist eine eigenartige Mischung von Titeln, angefangen von Pennyheftchen bis zu dicken Wälzern, hauptsächlich sind es jedoch biographische Nachschlagewerke. Ich glaube, daß Holmes mehr Informationen über die menschlichen Bewohner unseres Planeten hat als sonst eine einzelne Institution.

Nachdem er mehrere Bände ohne Erfolg durchgeblättert hatte, holte er ein sehr dickes Buch aus einem niedrigeren Regalfach, und aus seinen zufriedenen »Ahs« schloß ich, daß er etwas Wesentliches gefunden hatte.

Nach einigen Minuten blickte er hoch. »Watson, ich glaube, wir sind jetzt auf dem richtigen Weg, das Rätsel um dieses Mädchen zu lösen, auch wenn wir die junge Dame selbst noch nicht gefunden haben. Die Genealogischen Handbücher des Gotha, die ich hier zusammengefaßt habe, bieten eine Aufstellung aller adeligen Familien des Kontinents. Unter Bolow habe ich sie zwar nicht gefunden, wohl aber unter von Bölow. Ich vermute sehr, daß die junge Dame, die wir suchen, Friederike Maria Alexandra von Bölow ist, die Thronerbin des Herzogtums von Strackenz in Norddeutschland. Ihr Vater ist Friedrich, Herzog von Strackenz, und ihre verstorbene Mutter war Prinzessin Alexandra von Pripet, eine entfernte Kusine des Zaren aller Reußen. Es sind noch zwei weitere von Bölows in den Handbüchern aufgeführt, doch in ihrer Familie gibt es keine Maria.«

»Was hat eine zukünftige Herzogin als Kindermädchen in einem düsteren Haus in einem vornehmen Londoner Viertel verloren?« fragte ich mich laut.

»Da gibt es viele Möglichkeiten, Watson. Ich muß gestehen, daß ich die politische Lage in dem Gebiet nicht kenne, aber es könnte sein, daß es wichtig war, die Thronerbin aus dem Land zu schaffen. Vielleicht hatte sie eine unerwünschte Liebesaffäre in Deutschland. Oder sie folgte einem englischen Liebhaber hierher. Es könnte natürlich auch sein, daß sie lediglich ungehindert durch das Protokoll Umgangsenglisch lernen sollte.«

»Warum ist sie dann entführt worden?« fragte ich.

»Auch da gibt es viele Möglichkeiten.« Holmes lehnte sich in seinem Sessel zurück und drückte die Fingerspitzen auf die für ihn typische Weise aneinander. »Ein ungestümer Liebhaber könnte sie entführt haben. Wie in dieser Art von Fall üblich, besteht auch eine gute Chance, daß sie lediglich eines Lösegelds wegen festgehalten wird. Oder, was schlimmer sein könnte, es gibt einen politischen Aspekt, der mit ihrer oder ihres Vaters Regentschaft zu tun hat.«

»Was werden wir tun?« fragte ich.

»Als Entführte kann sie auf verschiedene Weise behandelt werden. Sie könnte an ein und demselben Ort festgehalten werden, bis das Lösegeld bezahlt ist. Sie kann unter Drogen gesetzt und von Ort zu Ort gebracht werden. Sie könnte irgendwie überzeugt werden, daß die Entführer nur ihr Bestes wollen, und sie würde sie in diesem Fall vielleicht freiwillig begleiten. Sie könnte natürlich auch einfach getötet werden. Unter den gegebenen Umständen ist es am wahrscheinlichsten, daß das Mädchen unter leichte Drogen gesetzt wird und es offen, wenngleich benommen, mit ihren Entführern reisen wird.«

»Sie glauben also«, hakte ich ein, »daß man sie von London zum Kontinent bringen wird?«
Holmes überlegte kurz. »Das ist wohl das Wahrscheinlichste. Ich vermute, daß Druck der einen oder andern Art auf die Obrigkeit in ihrem Herzogtum ausgeübt werden soll. Dieser Druck dürfte am wirkungsvollsten sein, wenn die Gefahr für das Mädchen als unmittelbar angesehen werden kann und sich nicht auf Tage ausdehnt, wie es der Fall wäre, wenn Botschaften zwischen hier und Deutschland ausgetauscht werden müßten.«
»Aber wie wollen die Schurken sie von London zum Kontinent bringen?«
»Wir haben Glück, daß wir auf einer Insel leben, Watson«, sagte mein Freund. »Es gibt nur einige Häfen, die Reisende zum Kontinent abfertigen, und alle stehen unter amtlicher Aufsicht. Wäre ich der Entführer, würde ich direkt nach Nordeuropa reisen und keine umständlichen Umwege machen wie beispielsweise über Irland oder die Kanalinseln. Die Gefahren für den Entführer sind vermutlich auf dem Kontinent höher als hier, obwohl die englische Polizei nach ihnen fahndet. Deshalb nähme ich den kürzesten Weg über das Wasser. Dover schlösse ich darum aus, nicht nur, weil der Zoll dort die Augen scharf offenhält, sondern auch weil Calais eine ziemliche Strecke von Norddeutschland entfernt ist.«
»Sie meinen also, daß sie von einem Hafen an der Ostküste aus übersetzen werden?«
»Nicht unbedingt. Sie könnten eine eigene Jacht haben. Allerdings halte ich das für unwahrscheinlich, hauptsächlich, weil es leichter ist, in einer Menschenmenge unterzutauchen, denn als Gruppe auf einem Dampfschiff zu reisen. Paradoxerweise wird die Gruppe in diesem Fall um so auffälliger, je kleiner sie ist.«
»Dann vielleicht Harwich?«
»Höchstwahrscheinlich.« Holmes stand auf, ging zur Klingel-

schnur und zog. Nur Augenblicke später hörten wir bereits Mrs. Hudson die Treppe hochkommen.
»Ja?« Sie blickte Holmes fragend an.
»Würden Sie so nett sein und nachsehen, ob Wiggins oder ein anderer der Jungs in der Nähe ist, und ihn mir hochschicken?« bat Holmes sie. »Jetzt können wir die *Irregulären* gut einsetzen«, bemerkte er, als Mrs. Hudson gegangen war.
Ich wollte weitere Vermutungen, was den Hafen anbelangte, mit ihm besprechen, aber er trat vor einen anderen Teil seiner Bücherregale und beschäftigte sich mit den Kursbüchern, die er dort eingeordnet hatte. Es war offensichtlich, daß er die nächsten Minuten nicht gestört werden wollte, also griff ich nach der Teekanne und dem Zubehör, das Mrs. Hudson gewöhnlich bereitstellt. Ich setzte den Wasserkessel auf einen Dreifuß über Holmes' Bunsenbrenner und braute einen starken Tee. Als er gezogen hatte, schenkte ich eine Tasse für Holmes ein und brachte sie ihm. Er griff wortlos danach und schnippte lediglich mit den Fingern, damit ich ihm Zucker bringe. Dann machte ich es mir mit einer eigenen Tasse – ungezuckert – in meinem alten Sessel bequem.
Holmes richtete sich von seinem Studium der Fahrpläne auf. »Nun, alter Freund«, sagte er, »ich vermute stark, daß die Entführer mit der jungen Dame auf dem Weg zum Kontinent durch den Bahnhof Liverpool Street gekommen sind oder noch kommen werden. Sie könnten auch, um die Spur zu verwischen, von London nach Margate gefahren sein, dort die *Crested Eagle* genommen haben und damit die Küste hoch nach Southend, Clacton oder Harwich Piers gefahren sein. Ich halte das allerdings für unwahrscheinlich, deshalb werde ich den Großteil meiner Leute am Bahnhof Liverpool Street einsetzen.«
»Sie meinen die Baker-Street-Jungs?« fragte ich.
»Wen sonst? Sie brauchen diesmal verflixt lange!« bemerkte Holmes leicht gereizt.

Kaum hatte er es gesagt, bimmelte die Haustürklingel. Wir hörten Mrs. Hudson die Tür öffnen und kurz darauf leichte Schritte auf der Treppe, die einen jungen Mann von etwa sechzehn ankündigten. Als er eintrat, salutierte er vor Holmes.
»Guten Tag, Sir«, sagte dieser Junge, der die Uniform eines Telegraphenboys trug. »Wiggins kann nicht weg, drum hat er mich geschickt. Ich heiße Bowen – Will Bowen. Sagen Sie mir, was wir tun sollen, dann suche ich noch ein paar Jungs, und wir können losgehen.«
Dieser Jüngling war zackiger als die meisten der Jungen, die Holmes als seine Irregulären rekrutiert hatte, und auch seine Sprache war gewählter.
»Gut, Bowen«, sagte Holmes. »Ich möchte, daß einige von euch sich auf dem Bahnhof Liverpool Street umsehen. Irgendwann zwischen gestern abend und jetzt – vielleicht kommen sie aber auch erst noch – sind zwei Männer mit einer jungen Dame, die möglicherweise nicht gesund ausgesehen hat, von dort zu einem der Häfen an der Ostküste abgereist. Ich möchte wissen, zu welchem Hafen und wann ihr Zug abfuhr. Und ich hätte gern so schnell wie möglich Bescheid.«
»Jawohl, Sir!« Der Junge drehte sich zackig auf dem Absatz und ging.
»Sie stellen jetzt smartere Jungs für Ihre Irregulären ein, nicht wahr?« fragte ich.
»Wie Ihnen aufgefallen sein müßte, Watson«, entgegnete mein Freund, »habe ich nicht einen dieser Jungs eingestellt. Sie lungerten offenbar lediglich herum und warteten darauf, für ein Trinkgeld interessante Gänge machen zu dürfen. Seit Ihren Ergüssen im *Strand* und in Buchform wurden die belesenen Klassen auf die Irregulären aufmerksam, und nun kommt es des öfteren vor, daß Bankkaufmannslehrlinge Aufträge für mich erledigen, für die sich früher Straßenjungen gemeldet hatten.«
Ich lenkte das Gespräch zu unserem gegenwärtigen Fall zurück.

»Was glauben Sie: Für welchen Hafen haben sich die Entführer entschieden?«
»Es gibt mehrere Alternativen. Von Parkeston Quay fahren Linienschiffe der Königlich Dänischen Post nach Esbjerg in Süddänemark, während die Schiffe der Great Eastern Railway nach Rotterdam und Den Haag fahren und die General Steam Navigation Company dreimal die Woche ein Dampfschiff nach Hamburg einsetzt. Von Lowestoft kann man nach Bremen übersetzen und von Great Yarmouth ebenfalls nach Rotterdam.«
Holmes hatte seine Zeit mit dem Studium der Kursbücher wahrhaftig nicht vergeudet.
Plötzlich schlug er sich die Hand vor die Stirn und rief: »Oh, was bin ich doch für ein Narr! Ich werde offenbar senil! Ich habe eine offensichtliche Möglichkeit übersehen, wie die Entführer mit der jungen Dame die Nordsee überqueren könnten!«
Ich vermochte Holmes' neuem Einfall nicht zu folgen. »Wie?« mußte ich mich erkundigen.
Holmes ärgerte sich immer noch über sich selbst. »Ich muß meine Gedanken wirklich nicht richtig beisammengehabt haben! Trellis & Trellis, die Furnierimporteure, mieten zweifellos Laderaum auf vielen Schiffen, die Holz aus dem Baltikum bringen, und die Route dürfte häufig durch den Nord-Ostsee-Kanal führen. Ich bin sicher, der auf der Rückfahrt leere Frachtraum könnte auch mit menschlichem Ballast gefüllt werden.«
»Oje!« rief ich. »Dadurch kommen ja noch viel mehr Häfen in Frage! So gut wie jeder, selbst der kleinste Hafen in Essex, Suffolk und Norfolk kann Holzfrachter aufnehmen!«
Holmes kehrte zum Bücherregal zurück und holte einen Atlas. »Sie haben natürlich recht, Watson«, bestätigte er. »Außer im Londoner Hafen können Holzfrachter allein in Essex auch in Burnham, Maldon, Rowhedge, Wivenhoe, Tollesbury, Brightlingsea und Mistley gelöscht werden. Dann sind da noch Felixstowe und Walberswick in Suffolk und King's Lynn in Norfolk.

Ganz abgesehen davon, daß jedes Schiff völlig legal vor der Küste liegen und Passagiere aufnehmen darf, die mit einem Boot von irgendeiner Anlegestelle herbeigerudert werden. Und es gibt zahllose solcher Anlegestellen entlang der Küste!«

Der Gedanke daran, welche Arbeit uns erwartete, war einschüchternd. »Was werden wir tun?« fragte ich.

»Als erstes begebe ich mich in die ausgezeichnete Bibliothek in der Marylebone Road und sehe die neuesten *Lloyd's-Listen* durch, um mir die Namen aller Schiffe aus dem Baltikum zu notieren, die in den letzten Wochen eintrafen und in Kürze nach Skandinavien zurückfahren werden. Danach werde ich der Firma des so zuvorkommenden Mr. Stephen Trellis einen Höflichkeitsbesuch abstatten.«

Ich freute mich, daß ich Holmes berichtigen und darauf hinweisen konnte, daß Stephen der Name des Babys war, während sein Vater Stanley hieß.

Der Geschäftsmann

Wir fanden das Kontor von Trellis & Trellis im ersten Stock eines Geschäftshauses, das einst bessere Tage gesehen hatte. Das Milchglas der Kontortür war jedoch makellos und die Atmosphäre im Kontor erfreulich. Hier bei dem dicken roten Teppich und der stabilen, modernen Einrichtung war die Düsterkeit der lehmfarbenen Wände des Treppenhauses und das braune Linoleum der einzelnen Stufen rasch vergessen. Hinter dem Schreibtisch, dem Eingang vis-à-vis, blickte eine junge Typistin von ihrer Schreibmaschine hoch, hieß uns mit einem Lächeln willkommen und erkundigte sich, wie sie uns behilflich sein könne.

Holmes bat, Mr. Trellis zu sprechen, da runzelte das Mädchen ein wenig die Stirn und sagte, sie bedauere, aber Mr. Trellis sei an diesem Vormittag nicht im Kontor.

»Merkwürdig«, murmelte Holmes, »als ich ihn vor zwei Stunden bei sich zu Haus sah, war er in Eile, in seine Firma zu kommen. Ich war deshalb sicher, ihn hier vorzufinden!«

»Er könnte in Canning Town sein«, entgegnete die junge Dame. »Wir haben dort unser Lager. Soll ich anrufen?«

»Es ist nicht so wichtig«, versicherte ihr Holmes. »Vielleicht könnte mir Ihr Kontorleiter helfen.«

»Im Augenblick ist nur meine Wenigkeit hier«, bedauerte das Mädchen. Ich erinnere mich, daß ich dachte, wie gedankenlos es war, eine junge Frau in einem Londoner Kontor allein zu lassen. »Kann ich Ihnen vielleicht helfen?«

»Ich wollte mich nur erkundigen, ob irgendwelche der Schiffe, die Holz für Ihre Firma liefern, auf dem Rückweg nach Skandinavien verfügbaren Frachtraum haben«, erklärte Holmes.

»Ich fürchte, das weiß ich nicht«, entgegnete das Mädchen.

»Aber ich könnte den Expedienten anrufen. Er müßte es wissen.«
»Das wäre sehr freundlich von Ihnen.« Holmes war wieder einmal äußerst höflich.
Die Typistin griff nach dem Ohrstück des Telefons auf ihrem Schreibtisch und drückte mehrmals auf die Gabel. Nach wenigen Augenblicken antwortete das Amt, und das Mädchen bat, mit East 314 verbunden zu werden. Nach einer weiteren kurzen Weile sprach sie mit einer »Betty« und ersuchte sie, ihr »Charlie« zu geben. Noch ein paar Sekunden später hatte sie »Charlie« am anderen Ende der Leitung.
»Vielleicht möchten Sie ihn selbst fragen?« Das Mädchen streckte Holmes den Apparat entgegen – ausgerechnet meinem Freund, dem großen Detektiv, der mir vor kurzem erst gestanden hatte, daß er sich nicht recht wohl fühlt, wenn er mit jemandem spricht, den er nicht sehen kann. Ich nehme an, daß er sich ein Bild von seinem Gesprächspartners machen will, und das ist über das Telefon nicht möglich.
»Ah, ja.« Holmes verliert am Telefon seine Entschlossenheit. »Ah, Mr. Charlie, laufen irgendwelche Ihrer Schiffe in nächster Zeit mit leerem Laderaum aus?«
Die nächsten vier Minuten lauschte er der Antwort, dann sagte er: »Trotzdem vielen Dank, Mr. Charlie, und bitte grüßen Sie Ihre Eltern in Norfolk von mir. Ich hoffe, Ihr Heuschnupfen wird bald besser. Und ich kann Ihnen nur empfehlen, sich möglichst bald zu Ihrem Optiker zu begeben und sich eine neue Brille anfertigen zu lassen.« Er legte auf, ehe »Charlie« Zeit zu einer Entgegnung hatte.
»Sind Sie etwa so was wie ein Zauberer?« staunte das Mädchen.
»Lediglich ein guter Beobachter menschlichen Verhaltens und Zustands, meine Teure. Danke für den Anruf. Bitte grüßen Sie Mr. Trellis von uns.« Holmes verbeugte sich knapp und schritt mir voraus aus dem Zimmer.

Als wir die Treppe hinunterstiegen, überlegte er laut: »Ich muß mich unbedingt mit Professor Henry Higgins zusammensetzen. Vielleicht können wir gemeinsam ein einfaches Handbuch über Dialekte zusammenstellen. Seine Forschungen sind zwar etwas gehobener als meine, aber zusammen können wir zweifellos eine allgemein verständliche Monographie herausgeben.«
Als wir zurück auf der Straße waren und genug Platz war, neben ihm zu gehen, fragte ich ihn, was »Charlie« über die Möglichkeiten des Schiffstransports gesagt hatte.
»Ich glaube, wir können Trellis ausschließen«, erwiderte Holmes. »Charlie hat nur bestätigt, was ich bereits der *Lloyd's-Liste* entnommen hatte: Die einzigen Schiffe, mit denen Trellis etwas zu tun hat und die in den nächsten drei Wochen von hier auslaufen, fahren entweder zur afrikanischen Westküste oder nach Niederländisch-Ostindien, genauer gesagt nach Java. Ich kann mir nicht vorstellen, daß die Entführte auf hoher See auf ein anderes Schiff gebracht werden soll. Ich frage mich jedoch, weshalb Mr. Stanley Trellis sich verleugnen ließ.«
»Wie das Mädchen sagte, hielt er sich vermutlich in Canning Town auf.«
»Nein«, widersprach Holmes. »Während der ganzen Zeit, die wir im Kontor verbrachten, befand sich Mr. Trellis im anschließenden Büro und lauschte dicht am Schlüsselloch. Ich konnte sowohl seinen Atem hören wie seine Pomade riechen. Doch ist das nicht wesentlich für uns. Immerhin geht sein Geschäft nicht mehr so gut wie einst, und er befürchtete möglicherweise Besuch von Gläubigern.«
»Woraus schließen Sie das, Holmes?«
»Sind Ihnen die Ordner im Regal an der linken Kontorwand nicht aufgefallen? Die Akten der achtziger Jahre quollen schier aus den Ordnern, woraus zu entnehmen ist, daß die Geschäfte

gutgingen. Danach werden die Ordner fast von Jahr zu Jahr dünner, und jene der letzten zwei Jahre sahen ausgesprochen mager aus. Es wäre interessant zu wissen, ob dieser Niedergang begann, als Mr. Stanley Trellis das Geschäft von seinem Vater und seinem Onkel übernahm, aber es ist von keiner Bedeutung für unseren Fall.«

»Sie meinen, wir können ausschließen, daß Mr. Trellis auf irgendeine Weise in das Verschwinden des Kindermädchens verwickelt ist?« fragte ich.

»O ja«, antwortete mein Freund. »Ich vermute, er hat bei seinen finanziellen Problemen bereits mehr als genug damit zu tun, auch nur den Kopf über Wasser zu halten, als daß er sich in die Strömungen internationaler Verbrechen und Intrigen wagte. Ich fürchte, der Lebensstandard der Trellis wird sich in Kürze drastisch ändern – außer es gelingt Mr. Trellis, die Firma zu verkaufen, wie er es bereits versucht.«

»Wie in aller Welt können Sie das wissen?« fragte ich verblüfft.

»Mein lieber Watson, sehen Sie denn gar nichts, wenn Sie sich in einer neuen Umgebung befinden?« rügte Holmes. »Die junge Dame hatte einen halb getippten Brief in ihrer Schreibmaschine, neben der ein Umschlag lag, bereits an Garland & Littlejohn in der Gracechurch Street adressiert – angesehene Makler. Ich wünsche ihm, daß er die Firma gut verkaufen kann.«

Inzwischen hatten wir die Sackgasse des Angel Pavement hinter uns und schritten die City Road entlang. Holmes hatte sich forschend im Straßenverkehr umgesehen, jetzt schob er Zeigefinger und kleinen Finger in den Mund und stieß einen schrillen Pfiff hervor. Damit lenkte er die Aufmerksamkeit eines Hansoms auf sich, das momentan ohne Fahrgäste war, was sich jedoch durch uns rasch änderte.

Als wir auf dem Weg zur Baker Street am Untergrundbahnhof

Portland Road vorbeikamen, klopfte Holmes ans Dach und erklärte, daß wir hier aussteigen würden.
»Ich glaube, wir sollten einen Spaziergang im Park machen«, sagte Holmes, »und die Lage rekapitulieren, ehe wir uns in den Tumult begeben, der uns in der Baker Street zweifellos erwarten wird.«

Die Irregulären

»Ich halte es für wahrscheinlich«, sagte Holmes, während er sich auf eine Parkbank setzte, »daß die Entführer versuchen werden, die junge Dame in ihre Heimat zu bringen. Das Schicksal von Entführten hängt gewöhnlich von der raschen Erwiderung auf die Bedingungen der Entführer ab – was immer diese Bedingungen auch sein mögen. Und über den Kanal zu korrespondieren ist selbst per Telegraph eine zeitraubende Angelegenheit.«
Ich ließ mich neben Holmes nieder und bewunderte eine herrliche Rosenrabatte, die den wohlgepflegten Rasen abgrenzte. »Wie kann man eine junge Dame unter Zwang eine so weite Strecke befördern?« fragte ich.
»Vielleicht begleitet sie die Entführer freiwillig.« Sherlock Holmes begann die Möglichkeiten an den Fingern abzuzählen. »Unter der irrigen Annahme, daß diese es gut mit ihr meinen. Oder sie wird in einem Container transportiert: Wenn man Schundromanen Glauben schenken darf, wird in jedem zweiten Sarg, der die Grenze überquert, eine lebende Person geschmuggelt. Oder sie wird in mehr oder minder betäubtem Zustand als angebliche Kranke von angeblichen Pflegern bewacht.«
Holmes stützte das Kinn auf seinen Spazierstock und überlegte laut. »Ich könnte mir noch einige andere Alternativen vorstellen, aber auch für die letztere, die ich für die wahrscheinlichste halte, gibt es verschiedene Variationen.«
»Wie meinen Sie das?« fragte ich.
»Sie könnte auf unterschiedlichste Weise maskiert sein«, erklärte Holmes. »Müßte ich mich einer solchen Täuschung bedienen, würde ich die Person in die Kleidung des anderen Geschlechts stecken – falls ihr Körperbau es nicht als zu unglaubhaft wirken ließe.« Holmes deutete auf sehr vage Weise. »Oder ich würde ein

entstellendes Mal auf ihr Gesicht zeichnen; oder ihr Haar färben und ihren Teint tönen.«

Meine langjährige Zusammenarbeit mit dem großen Detektiv hat mich gelehrt, achtsam zu sein, sogar wenn ich mit ihm selbst spreche. »Gäbe es bei einer Verkleidung nicht Schwierigkeiten an den Grenzübergängen? Der Reisepaß des Mädchens würde dann doch nicht zu ihrem Aussehen passen – schon gar nicht, wenn sie als Mann verkleidet ist!«

»Gut mitgedacht, Watson«, lobte Holmes. »Aber halten Sie es nicht für möglich, daß die Entführer über entsprechende Reisedokumente verfügen? Ich würde mit Ihnen wetten, daß ich Ihnen innerhalb von zwei Stunden einen Reisepaß besorgen könnte, mit dem Sie unbehindert durch jede Kontrolle kämen. Einen, der scheinbar von einem echten Paßamt eines beliebigen europäischen Landes ausgestellt wurde, auf Ihren Namen – oder einen anderen, wenn Sie wollen, und mit Ihrem vorschriftsmäßig abgestempelten Paßbild. Die aus einem beliebteren Land würden ein bißchen mehr kosten, aber ein Reisepaß von einem Balkanstaat oder von Spanien wäre billig zu bekommen. In der Monmouth Street in Seven Dials gibt es einen Fälscher, der sogar von frei erfundenen Ländern Dokumente herstellen kann, die selbst Grenzbeamte von der Existenz dieser Länder überzeugen würden.«

Ich staune manchmal über Holmes' Beziehungen zur Unterwelt und danke dem lieben Gott, daß er sich für die Mächte des Guten und nicht des Bösen entschied. Er hätte ein Meisterverbrecher werden können, dem niemand gewachsen wäre und der ständig Schlagzeilen machen würde.

»Doch«, fuhr Holmes fort, »am einfachsten bringt man eine Person durch Zoll- und Auswanderungsstellen, indem man durch das geeignete Make-up und geschickte Worte den Eindruck erweckt, daß die Betreffende sich im Anfangsstadium einer ansteckenden Krankheit befindet. Selbst etwas so verhältnismäßig

Harmloses wie Masern trägt dazu bei, daß man unangefochten weitergewinkt wird.«

»Wie schaut dann unser nächster Schritt aus?«

»So wie ich es sehe, haben wir nur zwei Alternativen«, antwortete Holmes. »Entweder wir vereiteln ihre Ausreise, oder, sollte es dafür bereits zu spät sein, folgen ihnen, nachdem wir eruiert haben, wie sie das Land verließen, und nachdem wir die zuständigen Stellen jenseits des Kanals verständigt haben. Ich sorgte bereits dafür, daß meine Agenten in den verschiedenen niederländischen, belgischen und deutschen Häfen telegraphisch verständigt wurden.«

Holmes erhob sich von der Parkbank und spazierte Richtung Baker Street. Ich folgte ihm etwas energischer und fragte: »Sollten wir uns denn nicht beeilen?«

»Wenn ich John Wesley zitieren darf, Watson: *Obwohl ich immer in Eile bin, haste ich nie*. Leute arbeiten für mich an diesem Fall auf dem Kontinent, in den Londoner Bahnhöfen, in den Häfen und Anlegestellen entlang der gesamten Ostküste und natürlich in den Londoner Häfen. Es bringt nicht viel, wenn eine Spinne in ihrem Netz umherhetzt, nachdem sie es fertig hat, denn dadurch würde sie Fliegen nur davon abhalten, sich niederzulassen. Es ist viel besser, an der Seite abzuwarten, bis die Fliege ins Netz gegangen ist, und dann einzugreifen. Es kann jedoch nicht schaden«, sagte er und beschleunigte den Schritt, »wenn wir in unser Nervenzentrum in 221b zurückkehren. Die Ergebnisse meiner Ermittlungen, selbst wenn sie negativ sind, müßten allmählich eintreffen.«

Von jetzt an marschierten wir rasch und erreichten innerhalb von zehn Minuten die vertrauten Räumlichkeiten in der Baker Street. Als wir durch den unteren Flur gingen, rief Holmes nach Mrs. Hudson, um sich zu erkundigen, ob bereits irgendwelche Nachrichten eingetroffen seien. Die gute Frau trat aus ihrer Tür am Ende des Ganges und verneinte es. Doch dadurch sichtlich nicht entmutigt, stieg Holmes die Treppe hoch, jeweils zwei Stufen auf einmal nehmend, und bewies, nachdem er das Wohnzimmer betreten hatte, ungewöhnliche Energie, indem er hindurchrannte, seinen Geigenkasten öffnete, das Instrument herausnahm und, indem er murmelte, er habe genug Zeit, den dritten Satz zu üben, sich durch ein Musikstück quälte, das ich als Komposition von Felix Mendelssohn-Bartholdy erkannte. Da sich Holmes von allen äußeren Einflüssen abschließt, solange er unter dem Bann seiner Musik steht, machte ich es mir in meinem Sessel bequem – er war nach wie vor für mich reserviert, obwohl ich nicht mehr in der Baker Street wohnte, und griff nach Holmes' Zeitung. Es war unverkennbar, daß er sie bereits eingehend studiert hatte, denn mehrere Artikel bzw. Spalten waren angezeichnet und würden schließlich ihren Platz in seinem höchstpersönlichen Nachschlagewerk finden. Zu diesem Auserwählten gehörten Nachrufe, ein kurzer Hinweis, daß ein überführter Giftmörder im Wakefield Gaol hingerichtet worden war, und andere Neuigkeiten bis zu einem technischen Artikel über die Zukunft des Ballons als Kriegswaffe und einem Hinweis auf die bevorstehende Soiree der Herzogin von Bridlington. Eine Spalte hatte er bereits feinsäuberlich aus der Landwirtschaftsseite ausgeschnitten, bei der es ausgerechnet um die Honiggewinnung in ländlichen Gegenden ging. Sie werden sich vielleicht fragen, wie ich vom Inhalt eines fehlenden Zeitungsstücks wissen konnte. Nun, dieser Ausschnitt lag auf Holmes' Schreibtisch und paßte genau in das Fenster im *Daily Telegraph*. Bemerkenswert!

Der Spätvormittag schritt immer weiter voran, und ich entwickelte bereits ein schlechtes Gewissen, weil ich noch nicht in meine Praxis zurückgekehrt war. Aber ich tröstete mich mit der Überzeugung, daß Miss Footage bestimmt ahnen würde, wo ich zu finden war, und sie in einem dringenden Fall einen Boten hierherschicken würde. Um Schlag ein Uhr kam Mrs. Hudson mit einem beladenen Tablett und sagte, wenn sie sich nicht um uns kümmerte, würden wir wohl überhaupt nicht essen – was vermutlich so weit stimmte wie jede Verallgemeinerung. Holmes legte seine Geige zur Seite, erklärte, daß er mit seinem Fortschritt zufrieden sei – das ist etwas, worüber ich nicht mit ihm streiten möchte –, und nahm die köstliche Pastete in Angriff, die Mrs. Hudson kreiert hatte. Ich gab ihm nicht die Chance, sie allein aufzuessen.

Kaum hatten wir unser Besteck weggelegt, klopfte es an die Tür. Holmes rief: »Herein!«, und als sich die Tür öffnete, sahen wir einen Jungen, der verlegen an einer ins Gesicht hängenden Strähne zog, als er eintrat.

»Wiggins 'at mich geschickt«, begann er. »Ich soll Ihnen sagen, daß es auf keinem Bahn'of eine Gruppe von zwei Männern und einer Kranken gegeben 'at außer in Fenchurch. Und die dort waren bestimmt viel zu alt. Wiggins sagt, ich soll Ihnen sagen, daß wir fertig sind mit Fenchurch, Liverpool Street, Waterloo, Victoria, Charing Cross, London Bridge, Cannon Street und Blackfriars, und jetzt können wir uns auch Mary'bone vornehmen und King's Cross und St. Pancras und Paddington, weil jetzt noch mehr der Boys Zeit 'aben. Ich komm' in zwei Stunden wieder und sag' Ihnen, was los ist, und Stevenson kommt auch bald und sagt Ihnen, was mit den Häfen ist. Mein Name ist Tom White, Sir.« Er salutierte zackig und verließ uns.

»Wie viele Jungen gehören jetzt eigentlich zu den Baker-Street-Irregulären?« erkundigte ich mich interessiert.

»Ich weiß es nicht«, gestand Holmes. »Ich sehe gewöhnlich nur Wiggins, der sich ordentlich gemausert und die Führung übernommen hat, außerdem Joe Spink – Sie erinnern sich vermutlich an ihn, er war unser Schuhputzer – und ein Junge mit dem Spitznamen Jampot. Sie ihrerseits beschäftigen etwa ein Dutzend andere Jungs, wann immer sie benötigt werden, und diese tun im Notfall das gleiche mit weiteren Helfern. Ich schätze, es sind ein gutes Hundert, die bereits für mich gearbeitet haben, auch wenn ich nichts Näheres über sie weiß.«

»Wer bezahlt sie?« wollte ich wissen.

»Das überlasse ich den Boys selbst. Wenn Wiggins kommt und für einen Auftrag, den er für mich ausgeführt hat, fünf Pfund verlangt, gebe ich sie ihm ohne viele Fragen. Wahrscheinlich behält er fünf Shilling für sich und verteilt den Rest an die Helfer, je nach der von ihnen geleisteten Arbeit. Sie müssen bedenken, Watson, daß diese Jungen zum größten Teil irgendwo fest angestellt sind und was ich bezahle lediglich eine Art Trinkgeld für etwas ist, das sie mit Vergnügen in ihrer Freizeit tun.«

»Diese Bürschchen könnten Sie ganz schön ausnehmen!« rief ich.

»O nein«, entgegnete Holmes ruhig. »Wiggins, wie ich schon bemerkte, der Führer der Irregulären, ist sowohl ehrlich als auch genau. Ich bin sicher, daß er nur für wirklich geleistete Arbeit bezahlt, und er selbst ist das Geld, das er von mir bekommt, auch ganz bestimmt wert. Welche sonstige Detektivtruppe besteht aus Angehörigen im Alter von acht bis über siebzig, ist mindestens hundert Mann stark und trotzdem so gut wie unsichtbar? Denn auf ihre Weise sind sie unsichtbar, da sie so sehr Teil des Londoner Alltagslebens sind, daß sie nicht auffallen. Der beiläufige, ja sogar der mißtrauische Blick sieht das Kind, das einen Reifen rollt, den Straßenhändler, der Tomaten verkauft, den alten Seemann, der mit seinem Bierkrug vor dem Pub sitzt, aber er bemerkt sie nicht wirklich. Doch wenn dieses Kind, dieser Straßenhändler, dieser Seemann für mich im Einsatz sind, können Sie sich darauf verlassen, daß ihnen nichts entgeht.«

»Aber hundertprozentig kann das nicht sein!« gab ich zu bedenken. »Beispielsweise haben Ihre Irregulären bisher noch nicht alle Bahnhöfe überprüft.«

»Stimmt«, gab Holmes zu. »Einige der Jungs können auf einen Wink hin mitmachen, und sie hat Wiggins zweifellos zu den wichtigsten Punkten abbeordert und beauftragt, in gewissen Abständen Bericht zu erstatten. Andere sind nicht immer sogleich einsatzbereit, aber sie wissen Bescheid, und inzwischen dürfte es auch nicht den unbedeutendsten Bahnhof mehr geben, der nicht überprüft wurde. Doch nicht nur die Bahnhöfe, sondern auch alle größeren Haltestellen sollten überprüft werden. Die Organisation nimmt sich in einem solchen Fall gewöhnlich auch Clapham Junction vor, Stratford, Dalston und noch einige. Sie würden sich wundern, wieviel ein Zeitungsverkäufer in einem Zug erfahren kann. Sie erinnern sich vielleicht, daß die Polizei vergangenen August eine Bande in flagranti festnehmen konnte, die auf dem Landsitz des Earl von Penfold eingebrochen hatte. Der Hinweis war keineswegs von einem Polizeiinformanten gekommen, sondern von mir. Ich hatte von einem der Irregulären davon erfahren, der sich in einer ganz anderen Sache an der Watford Junction für mich umhörte.«

Beim letzten Wort klopfte es erneut an die Tür, und auf Holmes' Aufforderung trat ein gedrungener Mann in schmutziger, aber ansonsten einwandfreier Kleidung ein, der seinen Bowler verlegen an die Brust drückte.

»Guten Nachmittag, Gents«, grüßte er und blickte uns nacheinander an. »Wiggins hat gesagt, Sie geben mir einen halben Dollar, wenn ich herkomme und Ihnen melde, daß in den Häfen nichts zu finden war ...« Er sprach stockend, als wäre er nicht sicher, ob wir seine Forderung nicht für unverschämt halten würden.

»Aber selbstverständlich, Mr. Smailes, treten Sie doch näher«, sagte mein Freund.

»Woher kennen Sie meinen Namen?« fragte unser Besucher und scheute zurück wie ein nervöser Gaul.

»Sie haben ihn mit Tinte auf das Band in Ihrem Hut geschrieben«, erklärte der scharfäugige Detektiv. »Bat Wiggins Sie nicht

auch, noch Näheres auszurichten als Ihre etwas bündige Feststellung?«
Smailes strich verlegen durch sein schütteres Haar. »Ja. Er sagte, daß der Pool von London überprüft ist, die Surrey Docks, die East und West India Docks und das St. Katherine's Dock, ebenso alle Anlegeplätze am Fluß. Auch die Passagiere aller Schiffe wurden überprüft, die innerhalb einer Woche zu europäischen Häfen auslaufen, aber Ihre Beschreibung trifft auf keine davon zu. Wir kennen diese Schiffe alle, und man verheimlicht uns nichts.«
»Nun, diese Information ist zweifellos zwei Shilling und Sixpence wert«, erklärte Holmes. »Sind Sie sicher, daß keines der Schiffe mit Orientalen bemannt ist, die sich möglicherweise auf die Entführung weißer Frauen spezialisieren?«
»Wir haben flußab alles bis Coldharbour in Essex und Gravesend in Kent überprüft«, erklärte Smailes. »Vielleicht ist noch was in Medway, aber so weit waren wir noch nicht. Und die Fischerboote und anderen kleineren Pötte aus Leigh und um die Essexer Küste können wir uns nicht vornehmen.«
»Ich glaube auch nicht, daß die Gesuchten sich einem Fischerkahn anvertrauen würden, um die Nordsee zu überqueren«, meinte Sherlock Holmes. »Also dürfte das nördliche Ufer der Themsemündung nicht in Frage kommen. Ich werde jedoch vorsichtshalber trotzdem meinem Bekannten in Rochester telegraphieren, Medway zu überprüfen. Vielen Dank, Mr. Smailes. Hier ist das Geld.«
Mr. Smailes zupfte an seiner dünnen Stirnlocke und verabschiedete sich.
Ich bin ein Mann der Tat, und nur darauf zu warten, daß Meldungen hereinkommen, ist nicht nach meinem Geschmack. Holmes dagegen schien es zufrieden zu sein, in der Mitte seines Netzes zu sitzen und zu warten, daß die Information zu ihm kam. In dieser Hinsicht ähnelt er seinem älteren Bruder sehr. Mycrofts

Vorstellung von schwerer körperlicher Arbeit ist, sich am Morgen die Socken anzuziehen!
Ich gab auf, auch nur zu tun, als läse ich die Zeitung, und stapfte hin und her, bis Sherlock Holmes mich ruhig bat, damit aufzuhören, woraufhin ich ihm sagte, daß ich dieses Wartespiel nicht mehr aushielte und einen kurzen Spaziergang die Marylebone Road hinunter machen und in etwa einer halben Stunde zurück sein würde.
»Gut«, sagte Holmes gelassen. »Vergessen Sie nicht, Threepence für Ihren Tabak mitzunehmen.«
Ich vermute, Holmes hatte bemerkt, daß mein Tabaksbeutel leer war, und er nahm deshalb an, ich würde während meines Spaziergangs einen Abstecher von der Marylebone Road zu Mr. Fogertys Zigarrenladen ganz in der Nähe machen.

Als ich zurückkehrte, erkannte ich sogleich, daß ich eine wichtige Entwicklung verpaßt hatte, denn nun stapfte Holmes hin und her. Kaum trat ich durch die Tür, wirbelte er herum und bellte: »Wo sind Sie so lange geblieben, Watson? Es ist soweit, und ich brauche Ihre Hilfe!«
»Was ist passiert?« erkundigte ich mich.
»Unsere *Freunde* wurden in der King's Cross Station gesichtet, als sie einen Zug nach King's Lynn bestiegen. Das erfuhr ich keine fünf Minuten, nachdem Sie weggegangen waren. Der Zug war natürlich, als ich es erfuhr, ebenfalls bereits weg, aber wir müssen jetzt sofort handeln!«
»King's Lynn?« fragte ich erstaunt. »Wohin kommt man denn von King's Lynn?«
»Es ist ein florierendes Seestädtchen, das ich, wie ich leider gestehen muß, übersehen habe. Es gibt dort einen Dampfschiffliniendienst alle vier Tage nach Hamburg und zweimal die Woche nach Rotterdam sowie einmal die Woche nach Antwerpen, Ostende, Brügge und Nieuwpoort. Ich glaube, unsere junge

Dame und ihre Freunde werden ein Schiff nach Hamburg nehmen – es fährt eins um achtzehn Uhr ab, dadurch haben sie fünfunddreißig Minuten zum Umsteigen.«

»Können Sie denn auch sicher sein, daß es die Richtigen waren?«

»Die Beschreibung, die mir einer der Jungen gab, ist sehr aufschlußreich. Eine junge Frau wurde von zwei Pflegern in weißen Kitteln auf einer Krankenhausbahre gerollt. Das Mädchen lag reglos darauf. Unser Irregulärer kam nahe genug heran, um zu sehen, daß sie einen leuchtend roten Ausschlag am Hals hatte (zweifellos von den Halunken aufgepinselt!) und daß sie bewußtlos war. Die beiden Männer trugen unter ihren Kitteln dunkle Anzüge und hatten weder Gepäck noch irgendeine medizinische Ausrüstung bei sich. Ich zweifle nicht im geringsten daran, daß das unsere Gesuchten sind.«

»Aber was können wir tun?« fragte ich. »Es ist unmöglich, daß wir das Schiff in King's Lynn noch erreichen!«

»Ich habe getan, was ich konnte; ich sandte eine Beschreibung der Entführer und Entführten an die Polizei in Norfolk, vielleicht kann sie sie am Kai festnehmen. Ich rechne allerdings nicht wirklich damit, denn so pflichteifrig sie auch sein mag, fehlt es ihr doch an Vorstellungskraft. Ich halte es für sehr wahrscheinlich, daß die kleine Gruppe ihr Aussehen zumindest ein wenig geändert haben wird, bis der Zug ankommt, und ihre Chancen, an Bord zu gelangen, sind recht gut.«

»Was sollen wir dann tun? Ganz offensichtlich gibt es keinen Zug, der uns noch rechtzeitig genug vor der Abfahrt des Schiffes nach King's Lynn bringen könnte.«

»Wir haben zwei Alternativen: Entweder wir begeben uns nach King's Lynn oder nach Hamburg«, erwiderte Holmes. »Wie Sie selbst feststellten, Watson, könnten wir den dreien in ersterem Fall lediglich mit dem nächsten Schiff folgen. Deshalb werden wir auf schnellstem Weg nach Hamburg reisen und versuchen, die Entführer dort zu stellen.«

Als alter Militär bin ich stets bereit, ohne lange Vorbereitungen zu reisen. Ich eilte zu meinem alten Zimmer, wo ich einen Teil meiner Sachen zurückgelassen hatte, weil meine privaten Räumlichkeiten in der Queen Anne Street nicht sehr groß sind, um das Allernotwendigste in einen Koffer zu werfen. Doch ehe ich das Zimmer erreichte, trat Mrs. Hudson heraus. Sie war mir zuvorgekommen und stellte meinen Koffer neben den schon bereitstehenden von Holmes.

»Sollten wir nicht warten, bis wir von der Norfolker Polizei hören?« fragte ich meinen Freund.

»Ich habe Vorsorge getroffen, daß jegliche Information von King's Lynn uns in Harwich erwarten wird. Sollten die Entführer gefaßt worden sein, kehren wir mit dem nächsten Zug zurück; falls nicht – was ich erwarte –, nehmen wir die Abendfähre nach Bremerhaven.«

Mrs. Hudson versprach, Miss Footage auszurichten, daß sie keine Termine für die nächsten Tage festsetzen solle und daß ich ihr telegraphisch Bescheid geben würde, falls sich unser Aufenthalt in Deutschland länger als erwartet ausdehnen sollte. Wir verabschiedeten uns von Mrs. Hudson und nahmen eine Droschke zum Bahnhof Liverpool Street.

Ganz offensichtlich war die *Nordsee* dem Ende ihrer kommerziellen Verwendbarkeit nahe. Sie konnte sich sowohl mit Dampf wie mit Segeln fortbewegen, aber der Rost breitete sich aus, und sie vermittelte den Eindruck, daß sie niemandem etwas bedeutete. Sie war ein verhältnismäßig kleines Schiff und meines Erachtens bereits überfüllt, als wir die Gangway vom Harwich Quay hochstiegen.

»Ich bedauere«, sagte Holmes förmlich, »daß ich so knapp vor der Abfahrt keine Kabine mehr bekommen konnte. Wir werden deshalb heute nacht ein paar unbequeme Stunden auf Liegestühlen zubringen müssen.«

Als alter Soldat bin ich Unbequemlichkeiten gewöhnt, allerdings macht mir meine Schulter ein wenig zu schaffen, wenn sie feuchter Nachtluft ausgesetzt wird. Ich murmelte, daß es mir nichts ausmachte, und behielt meine wahren Gefühle für mich. Unsere Koffer stellten wir beim Zahlmeister ab und wanderten auf dem Deck herum, als das Fährschiff von England ablegte.

»Wie ich befürchtete«, sagte mein Freund. »Die Norfolker Polizei war von keinem Nutzen. Obwohl sie eine genaue Beschreibung aller drei Personen hatte, fand sie sie nicht! Wie sie es fertigbrachte, sie auf einem Schiff zu übersehen, das nur eine so geringe Zahl von Passagieren befördern kann, ist mir ein Rätsel. Es wäre natürlich möglich, daß die Entführer ein doppeltes Täuschungsmanöver durchführten und gar nicht wirklich nach King's Lynn fuhren, sondern einen durchgehenden Zug nach Peterborough nahmen, wodurch sich die Möglichkeit einer Festnahme noch verringerte. Ich kann mir allerdings nicht vorstellen, daß sie sich durch die Polizei besonders gefährdet sehen – und ihre Annahme scheint nur allzu gerechtfertigt.«

Wir wußten, daß das Schiff Deutschland erst in etwa zwanzig Stunden erreichen würde, und ohne Kabine mußten wir zusehen, daß wir das Beste aus unserer ungemütlichen Lage machten. Holmes schlug vor, daß wir den Abend in der Schiffsbar verbringen und uns dann Liegestühle in einer Ecke des Decks suchen sollten, die möglichst windgeschützt war. Ich hoffte, daß es eine Überfahrt ohne größeren Seegang werden würde, da Holmes kein Seemann ist, obwohl ich persönlich nichts gegen ein schlingerndes Schiff habe.

Also begaben wir uns in die Bar und wappneten uns gegen die kommende Nacht, ich mit einem Armagnac, Holmes mit einem Napoleon. Ich fand Weinbrand genau das Richtige zur Beruhigung eines nervösen Magens. Sehr erfreut war ich, als ich feststellte, daß in der Bar auch ein paar Kleinigkeiten zum Essen angeboten wurden, und so saß ich alsbald vor einem Teller mit Wiener Würstchen, Kartoffeln, Karotten und Sauerkraut. Holmes wollte meinem Beispiel nicht folgen, weil das Kraut zu lange gekocht war, wie er behauptete. Natürlich versuchte ich ihn zu überreden, wenigstens eine Kleinigkeit zu sich zu nehmen, da man eine gute Unterlage braucht, falls die See doch stürmisch wird.

Statt dessen entfernte er sich von mir und schaute durch ein Bullauge der Bar, bis ich nicht nur meinen Hauptgang zu mir genommen hatte, sondern auch noch den hier zu meiner großen Freude ebenfalls angebotenen Früchtepudding, eine meiner Lieblingssüßspeisen. Danach lehnte ich mich satt und zufrieden zurück und bestellte noch einen Weinbrand für mich und meinen Freund. Als Holmes seinen nicht wollte, sah ich mich gezwungen, auch noch seinen Napoleon zu trinken.

Unsere Liegestühle schienen nicht sehr bequem zu sein, als ich mich darauf niederließ, doch offenbar schlief ich schon wenige Minuten später ein und strafte so jene Lügen, die behaupten, die Seeluft mache munter.

Ich erwachte, als es hell wurde, und stellte fest, daß ich selbst unter meinem dicken Mantel feucht war und daß meine Schulter schmerzte, wie ich befürchtet hatte. Holmes' Liegestuhl war verlassen, und es überraschte mich nicht, als ich meinen Freund wenige Minuten später seine Runden um das Deck machen sah. Sobald ich mich nicht mehr ganz so steif fühlte, schloß ich mich ihm zu einer weiteren Runde an.

Ich brachte das Thema Frühstück zur Sprache, doch Holmes ging nicht darauf ein. Ich habe keine Ahnung, wie viele Runden er bereits gedreht hatte, aber nach meiner sechsten mit ihm verließ ich ihn auf der Suche nach Frühstück. Angenehm aufgewärmt und den Magen erfreulich mit Speck, Nierchen, geröstetem Brot, Tomaten, Pilzen und einem Ei gefüllt, stellte ich fest, als ich eine halbe Stunde später aus dem Schiffsrestaurant trat, daß Holmes immer noch festen Schrittes um das Deck marschierte.

Irgendwie fiel es mir schwer, mit ihm Schritt zu halten, nachdem ich mich ihm wieder angeschlossen hatte, deshalb machte ich es mir kurz darauf in meinem Liegestuhl bequem. Erst eine gute halbe Stunde später ließ sich Holmes auf dem Stuhl neben meinem nieder und sagte: »Ich schätze, ich habe meine üblichen morgendlichen sechs Meilen zurückgelegt. Man muß sich fit halten.« Und sofort schlief er ein.

Wir legten am frühen Nachmittag in Bremerhaven an, nachdem ich mir ein Mittagessen gegönnt hatte, obwohl Holmes während der ganzen Fahrt nichts Festes zu sich nahm. Es entging mir nicht, daß ihm die erzwungene Untätigkeit an Bord zu schaffen machte, ich dagegen genoß die Überfahrt als Kurzurlaub, ehe wir uns wieder mit dem vorliegenden Fall beschäftigen mußten.

Bis wir von Bord waren, die Formalitäten am Zoll für die Einreise hinter uns lagen und wir mit eingerosteten Deutschkenntnissen eine Droschke gerufen hatten, verging eine volle Stunde, ehe wir den Bahnhof erreichten, und von dort brauchten wir weitere zwei Stunden nach Hamburg.

Am Bahnhofsvorplatz in Hamburg hatte ich große Schwierigkeiten mit einem beschränkten Kutscher, der einfach mein Deutsch nicht verstehen wollte, als ich ihn aufforderte, uns zum *Fahrboot aus Lynn von König* zu bringen. Aber schließlich brachte er uns doch mürrisch zum Hafen und überließ es uns selbst, den richtigen Liegeplatz zu finden.

Zu unserer Bestürzung lag das Schiff aus King's Lynn bereits am Kai, und seine Passagiere waren inzwischen in alle Winde verstreut. Trotzdem stieg Holmes die Gangway hoch und ersuchte, mit dem Zahlmeister zu sprechen.

Als der gefunden war, fragte ihn Holmes, ob zwei Männer und eine junge Frau die Überfahrt als Gruppe gemacht hätten.

»Nun, Sir«, entgegnete der Zahlmeister, »ich weiß nicht recht, ob man es so nennen kann.«

Holmes bat ihn, ihm das genauer zu erklären.

»Nun«, sagte der Mann, »da waren zwei Polizisten mit einer Gefangenen. Alle drei waren Deutsche, und die beiden Bullen waren in London gewesen, um diese junge Frau nach Deutschland zurückzubringen, wo sie einen abscheulichen Mord begangen hat. Wenn man sie so ansah, konnte man sich das gar nicht vorstellen. Sie war völlig ruhig und sagte während der ganzen Überfahrt nicht ein Wort!«

Holmes drehte sich mit zufriedenem Lächeln zu mir um. »Die Gesuchten ohne Zweifel. Die Norfolker Polizei muß noch einfältiger sein, als ich angenommen hatte. Allerdings würde ich wetten, daß ihre Papiere zu dieser Geschichte paßten.«

Er wandte sich wieder an den Zahlmeister. »Haben Sie eine Ahnung, wohin die Polizisten das Mädchen brachten, nachdem sie das Schiff verlassen hatten?«

»Ich fürchte nein, Sir«, antwortete der Zahlmeister. Holmes steckte die Hand in die Hosentasche und holte einen halben Sovereign heraus. »Ah, aber wenn ich mich recht erinnere«, sagte da der Zahlmeister rasch, »haben sie sie in eine Droschke gehoben und dem Kutscher befohlen, sie zum Bahnhof zu bringen.«

»Verflixt«, fluchte Holmes. »Sie müssen auf dem Weg zum Bahnhof an uns vorbeigekommen sein, als wir zum Hafen fuhren!«

»Da haben Sie sicher recht«, bestätigte der Zahlmeister. »Es ist noch keine fünfzehn Minuten her, seit sie weg sind.«

Holmes warf dem Mann die Münze zu, rannte die Gangway hinunter, dicht gefolgt von mir, und hielt einen vorüberratternden Leiterwagen auf.

»Bahnhof, schnell!« schrie er dem Fuhrmann zu und kletterte mit mir auf den Leiterwagen, der offenbar kurz zuvor schmutziges Wurzelgemüse transportiert hatte. Dann warf er ein Goldstück in die offene Hand des Fuhrmanns.

Der Kerl schien jedoch keineswegs bereit zu sein, seinen Klepper zu einer schnelleren Gangart anzutreiben, und so rumpelten wir durch Hamburgs Straßen in einem Tempo, das ich zu Fuß bestimmt mühelos überboten hätte. Holmes blieb jedoch geduldig sitzen, bis wir den Bahnhofsvorplatz erreichten, dann sprang er hinunter und schoß in die Bahnhofshalle.

Wie auf fast allen Bahnhöfen zur Hauptreisezeit herrschte ein großes Gedränge. Herren bahnten sich einen Weg durch die Menge, gefolgt von Trägern mit ihrem Gepäck; ältliche Damen standen hilflos herum und warteten darauf, daß ihre Verwandten sie in dem Trubel finden würden; Kinder waren aufsässig; junge Soldaten gönnten sich anderes Essen, als sie in der Kaserne vorgesetzt bekamen; Leute drängten sich um einen Bücherstand. Eben in etwa das gleiche Bild, das man am frühen Abend auf jedem Bahnhof der Welt finden kann.

Sosehr wir uns auch umschauten, unsere »Freunde« waren nicht zu sehen. Holmes wandte sich an die Auskunft und erkundigte sich, ob in den letzten Minuten ein Zug nach Strackenz abgefahren sei. Als er erfuhr, daß das vor wenigen Minuten der Fall gewesen war, fragte er nach dem nächsten Zug dorthin. Zu unserem Ärger bedauerte der Schalterbeamte, daß an diesem Tag keine Eilzüge mehr nach Strackenz führen, daß es jedoch um 18.13 Uhr einen Personenzug nach Jötunsschlucht gäbe, der einzigen anderen Stadt in dem Herzogtum.

Ohne Zögern kaufte Holmes uns Fahrkarten dorthin – doch keine Rückfahrkarten, wie ich mit leichter Sorge sah.

Holmes erklärte nun, daß wir noch gute fünfundvierzig Minuten bis zur Abfahrt hätten und er sein Fasten beenden wolle. Das tat er in einem kleinen Restaurant, direkt am Bahnhof, wo er für ein ganzes Regiment aß, dies aber auf abwesende Weise. Er hat mir oft gesagt, daß er ißt, um zu leben, und nicht lebt, um zu essen, deshalb überraschte es mich auch nicht sonderlich, als er sich die vier Gänge seines Mahles ohne sichtlichen Genuß, aber entschlossen einverleibte.

Ich bestellte nur eine Kleinigkeit, da ich ja während seiner Enthaltsamkeit drei Mahlzeiten zu mir genommen hatte. Es freute mich, daß ich dem Koch mein Lob aussprechen konnte für das köstliche Eisbein mit Sauerkraut und Kartoffelklößen, allein schon, um damit Holmes' geistesabwesende Gier zu kompensieren.

Wir erreichten Bahnsteig 14 und den Zug vier Minuten vor Abfahrt, konnten jedoch kein eigenes Abteil für uns bekommen. Die Waggons waren gesteckt voll, hauptsächlich von Männern in Arbeitskleidung, und ich bemerkte, daß Holmes heimlich jeden einzelnen musterte, um zu deduzieren, welchen Beruf er ausübte, wieviel er verdiente, ob er verheiratet war und dergleichen.

Der Zug fuhr fahrplanmäßig ab, aber ich möchte den Leser nicht mit einem Reisebericht langweilen, es genügt, wenn ich erwähne, daß ich mir nicht merken konnte, an wie schrecklich vielen Haltestellen der Zug stehenblieb, und ich mich nicht darum kümmerte, wie viele Personen aus unserem Abteil aus- und wie viele zustiegen. Holmes erzählte mir später, daß wir im Lauf der Fahrt in der abwechselnden Gesellschaft von vier Stauern gereist waren, drei Hafenkontoristen, einem Hafenfeuerwehrmann, einem Kaufmannslehrling, einem dänischen Chemiestudenten, einem Notenstecher im Ruhestand, zwei Handelsgärtnern, die vom Markt gekommen waren und von denen einer sich auf Rhabarber spezialisiert hatte, einem arbeitslosen Klempner, einem Bankangestellten, zwei Schülern, zwei Hausfrauen, drei Förstern, einem Käsehändler und einem Hindernisreiter.

Bis wir Jötunsschlucht erreichten, waren die einzigen anderen Reisenden in unserem Abteil eine Mutter und ihr ungefähr sechsjähriger Sohn. Bei der Einfahrt in den Zielbahnhof – kaum mehr als ein übergroßer Holzschuppen – räusperte sich Holmes und fragte die Frau in leidlichem Deutsch, wo er in der Stadt einen höheren Beamten finden könne, der vom Herzog empfangen würde.

»Oje!« rief die Frau. »Haben Sie es denn noch nicht gehört? Der Herzog liegt im Sterben. Er ist vorige Woche vom Pferd gefallen und seither bewußtlos. Wir rechnen damit, daß sein Ableben jeden Moment bekanntgegeben wird!«

Holmes drückte sein Bedauern aus und erkundigte sich, wer denn in der Zwischenzeit das Land regiere.

Die Frau preßte die Lippen zusammen und griff nach ihrem Gepäck. Sie sprach nicht mehr mit uns, bis der Zug angehalten hatte, doch als sie ausstieg, sagte sie über die Schulter: »Wer Fragen stellt, muß mit Antworten rechnen, die ihm nicht gefallen.«

Da es inzwischen bereits nach zehn Uhr war, fand ich, daß wir uns als erstes nach einem Bett umsehen sollten, aber Holmes schien sich deshalb keine Sorgen zu machen. »Eine wunderschöne Nacht, Watson«, sagte er unbekümmert. »Wir könnten sogar unter den Sternen schlafen!«

Ich wies darauf hin, daß wir das bereits vergangene Nacht getan hatten und daß meine Schulter davon immer noch schmerzte. Sofort zeigte er echte Besorgnis. »Mein armer Freund!« rief er. »Wie gedankenlos von mir! Wir werden Ihren starken rechten Arm bestimmt noch brauchen, ehe wir diesen Fall beendet haben, darum müssen wir gut auf Ihre Schultern achten. Suchen wir uns sogleich ein weiches Kissen für die Nacht.« Daraufhin begab er sich ohne weiteres Zögern zu der Reihe auf Kundschaft wartender Droschken.

»Bringen Sie uns zu einem Hotel, in dem wir gewiß noch Zimmer bekommen können«, wandte er sich an den nächsten Kutscher. Er stieg ein, und ich folgte seinem Beispiel. Noch ehe ich es mir bequem machen konnte, hielt die Droschke bereits, und ich sah, daß sie lediglich den Platz überquert hatte und nun vor dem Grandhotel stand.

Nicht daß es seinem Namen Ehre machte und sonderlich grandios war, aber wie wir am nächsten Morgen erfuhren, hatte das Städtchen außer diesem nur noch ein Etablissement, das sich mit einigem Recht Hotel nennen konnte. Also war die Bezeichnung hier vielleicht angemessen.

Wir mußten unsere Reisepässe am Empfang abgeben. Der Nachtportier behauptete, daß die nötigen Formalitäten erst am Morgen vom Tagportier vorgenommen würden. Holmes versicherte mir, daß dies auf dem Kontinent üblich sei, trotzdem gab ich diese wichtigen Dokumente nicht gern aus der Hand.

Wir konnten ohne Schwierigkeiten zwei nebeneinanderliegende Zimmer im ersten (und obersten) Stock bekommen, doch keine Mahlzeit im Hotel, und so zogen wir uns ohne ein Nachtmahl in unsere Zimmer zurück.

Ich verbrachte eine ruhige, angenehme Nacht. Ich nehme an, daß ich unter allen Umständen tief und fest geschlafen hätte, denn ich war sowohl müde von der Reise gewesen als auch erschöpft von der vergangenen Nacht unter freiem Himmel. Als ich mich zum Frühstück hinunterbegab, erfuhr ich, daß Holmes bereits unterwegs war – und das um halb neun an einem regnerischen Morgen! Der Portier, immer noch derselbe, der bei unserer Ankunft Dienst gehabt hatte, richtete mir aus, daß mein Freund vor etwa einer Stunde weggegangen war, jedoch gegen neun Uhr zurückkommen würde, um zu frühstücken.

Ich setzte mich an einen Tisch in dem Raum, in den der Portier mich geführt hatte, mußte jedoch enttäuscht feststellen, daß das deutsche Frühstück außerordentlich dürftig war. Ich halte ja selbst nicht viel von einem zu üppigen Mahl am Morgen, erwarte jedoch immerhin etwas mehr als drei Tassen Kaffee, zwei Brötchen mit Schinken und Käse, ein hartgekochtes Ei und etwas, das wie die Brötchen aussah, aber süß und mit Rosinen gebacken war. Ich hatte diese Kleinigkeit bereits zu mir genommen, als Holmes mit zwei Zeitungen zurückkehrte und mit Informationen, die er bei seinem frühmorgendlichen Spaziergang durch Plaudern mit mehreren Briefträgern, Eisenbahnern, Milchlieferanten und Marktfrauen erfahren hatte.

»Wir müssen uns so rasch wie möglich nach Strackenz begeben«, sagte Holmes, als er seine Kaffeetasse absetzte. »Wir nehmen die Postkutsche, die um elf Uhr vom Marktplatz abfährt. Sie wird uns in vier Stunden zur Hauptstadt des Herzogtums bringen. Der Herzog hat offenbar nicht mehr lange zu leben, und soviel ich erfahren konnte, hat sein jüngerer Bruder, Graf Albert, die Regierungsgeschäfte in die Hand genommen. Niemand scheint zu wissen, wo sich des Herzogs Tochter aufhält, aber eine leichte Besorgnis unter den Bewohnern, daß etwas nicht stimmt, weil sie sich seit Monaten nicht mehr in der Öffentlichkeit zeigte, war unverkennbar.«

»Aber sie war doch in England!« warf ich ein.

»Das wissen wir«, bestätigte Holmes, »aber offenbar haben die Bürger nichts davon erfahren. Die öffentliche Meinung ist jedenfalls, daß sie in anderen Umständen ist – von wem, darüber will niemand auch nur Vermutungen anstellen – und sich deshalb nicht sehen lassen darf.«

»Das ist eine ungeheuerliche Verleumdung!« entrüstete ich mich.

»Das wohl«, pflichtete mir Holmes bei, »aber das Herrscherhaus ist anscheinend nicht sehr beliebt, und die Unzufriedenheit der Untertanen führte zu einem gewissen Maß an Verachtung. Autokratie mag ja schön und gut sein, doch sie gestattet keine vernünftige Opposition, und deshalb drückt sich die Unzufriedenheit in Kleinlichkeiten aus.

Die Zeitungen«, fuhr er fort, »schreiben sehr wenig über die gegenwärtige politische Lage, hauptsächlich, wie ich vermute, weil sie es nicht wagen. Wenn sie den Herzog und seine Tochter unterstützten, könnten sie Schwierigkeiten bekommen, wenn Graf Albert nach des Herzogs Ableben die volle Macht übernimmt. Unterstützten sie jetzt jedoch den Grafen, ständen sie sehr dumm da, falls der Herzog doch wieder gesund würde oder wenn Albert nicht auf den Thron käme.«

Ich fragte, was auswärtige Zeitungen über die Situation in Strackenz schrieben, aber Holmes antwortete, daß es an den Zeitungsständen noch keine gegeben habe.

Der Regen hatte inzwischen aufgehört, und die Sonne bemühte sich, durch die Wolken hervorzuspitzen. Da wir noch etwa zwei Stunden bis zur Abfahrt der Postkutsche hatten, sagte ich Holmes, daß auch ich mir Jötunsschlucht noch ein bißchen ansehen wollte. Als ich am Empfang vorbeikam, händigte mir der Tagportier beide Reisepässe aus. Ich steckte sie ein, machte mir jedoch nicht die Mühe, sie nach oben oder zu Holmes zu bringen, der noch bei seinem Frühstück saß.

Ich war noch nicht oft in Deutschland gewesen und stellte nun fest, daß es mir Vergnügen bereitete, ohne Begleitung durch eine deutsche Kleinstadt zu spazieren. Die Läden hatten bereits geöff-

net, und frische Ware lud in den Schaufenstern zum Kauf. Hausfrauen in den Wohnungen über den Geschäften schwangen die Fenster auf, als die Sonne kräftiger wurde. Alles war ungewohnt für mich und deshalb faszinierend. Ich schlenderte über das Kopfsteinpflaster, blickte in Schaufenster und lauschte dem Plaudern der Leute, obgleich meine Deutschkenntnisse kaum ausreichen, auch nur dem einfachsten Austausch von Höflichkeiten zu folgen. Was mir besonders gefiel, war die Freundlichkeit der Leute zu einem völlig Fremden wie mir. Viele wünschten mir einen »Guten Morgen«, andere lüpften zum Gruß den Hut. Ich bewunderte auf dem Blumenmarkt gerade die Dahlien, als mir jemand auf die Schulter tippte. Ich drehte mich um und sah zwei Uniformierte. Einer bellte: »Mr. Sherlock Holmes?«
»Nein«, entgegnete ich, »er ist im Hotel.«
»Ihren Paß!« verlangte derselbe Uniformierte.
Ich holte beide Reisepässe aus meiner Brusttasche und dachte mir dabei, wie anmaßend kleine Beamte doch waren.
Dummerweise war Holmes' Reisepaß der obere, und ohne die beiden Dokumente näher zu studieren, las einer der Polizisten – ich hatte keinen Zweifel, daß die beiden der Polizei angehörten – laut: »Sherlock Holmes! Kommen Sie bitte mit uns!«
Es blieb mir nichts anderes übrig.
Ich wurde etwa zweihundert Meter weiter zur Polizeidirektion von Jötunsschlucht und vor einen offenbar etwas höheren Beamten gebracht.
»Was machen Sie in Deutschland, Herr Holmes?« wollte dieser Mann wissen.
»Ich bin nicht Sherlock Holmes!« rief ich. »Mein Name ist ...«
Aber man gestattete mir nicht, mich vorzustellen.
»Wir wissen, daß Sie Sherlock Holmes sind!« unterbrach mich dieser Beamte. »Meine Leute in London übermittelten mir Ihre genaue Beschreibung. Ich hatte Sie mir zwar etwas größer und schlanker vorgestellt, aber ich hörte auch, daß Sie ein Verwand-

lungskünstler sind. Und mein Informant erwähnte keinen Schnurrbart ...« Der unverschämte Kerl lehnte sich über seinen Schreibtisch und zog mit beiden Händen an meiner Manneszier. Das war verflixt schmerzhaft! »... aber einen Schnurrbart kann man sich wachsen lassen!«
Mit tränenden Augen war ich momentan nicht fähig, auf diese lächerliche Unterstellung zu antworten.
Mein Foltermeister fuhr fort: »Also, Herr Sherlock Holmes, ich frage Sie noch einmal, was machen Sie in Strackenz?«
Ich hielt es inzwischen für sinnlos, ihm klarmachen zu wollen, wer ich wirklich war, die Wahrheit würde sich in Kürze zweifellos ergeben, also tat ich ihm den Gefallen und spielte mit.
»Ich versuche eine junge Dame zu finden«, sagte ich steif.
»Ah! Eine junge Dame!« Der Polizeibeamte strich arrogant über seinen gewichsten Schnurrbart. »Welche junge Dame? Ich warne Sie, ich weiß alles über Sie und Ihre Affären, also kommen Sie mir nicht mit Lügen!«
Ich murmelte, daß englische Gentlemen nicht logen, doch das ignorierte er. Als ich danach schwieg, lehnte er sich wieder über seinen Schreibtisch, bis sein Gesicht dicht vor meinem war.
»Welche Dame? Ich muß es wissen!« Er machte eine Pause. »Sofort!«
Eines meiner Probleme war schon immer, daß ich mir keine Namen merken kann. Gesichter ja. Namen nein. Und mir fiel nicht um alles auf der Welt ein, wie die junge Person hieß, der Holmes und ich gefolgt waren. Das wollte ich diesem arroganten Ausländer jedoch nicht eingestehen, also mußte ich mir etwas einfallen lassen.
»Eine junge Deutsche, die Kinder mag«, sagte ich schließlich.
Ehe ich weiterreden konnte, sprang dieser Kerl auf und brüllte nach einem Untergebenen, dem er befahl, mich in den Keller in eine Zelle zu schaffen, in die man mich auch wortlos hineinstieß. Völlig verwirrt setzte ich mich auf eine Pritsche und fragte mich,

was eigentlich vorging. Obwohl es mir vorkam, als wäre ich gerade noch auf dem Blumenmarkt gewesen, verriet mir ein Blick auf meine Uhr, daß es bereits nach elf war.
Ob Holmes wohl in Jötunsschlucht nach mir suchte? Oder ob er bereits unterwegs nach Strackenz war? Wie kam ich aus dieser unangenehmen Lage wieder heraus? Ich sagte mir schließlich, daß die Verwechslung sich in Kürze von selbst aufklären würde und daß ich von dieser Zelle aus ohnedies nichts unternehmen konnte. Also streckte ich mich auf der Pritsche aus und schlief ein.

Jemand riß mich durch ein Rütteln an meiner Schulter aus dem Schlaf. Ein Polizist hatte sich über mich gebeugt. »Pfarrer«, sagte er, dann richtete er sich auf und deutete auf eine Gestalt in schwarzem Priestergewand hinter sich.

»Mr. Sherlock Holmes?« wandte dieser Mann sich an mich. »Das Britische Konsulat informierte mich, daß Sie hier festgehalten werden und vielleicht geistigen Beistand brauchen.«

Unwillkürlich riß ich den Mund auf, doch bevor ich etwas sagen konnte, zwinkerte mir der »Geistliche« zu und legte, verstohlen Schweigen mahnend, einen Finger an die Lippen.

»Ich weiß nicht, weshalb Sie Bedauernswerter hier sind«, fuhr Sherlock Holmes fort, »jedenfalls wird der britische Konsul in Kürze hier sein, und ich bin sicher, daß alles geklärt werden kann. Möchten Sie, daß ich Ihren Angehörigen inzwischen etwas ausrichte?«

»Ja, ja, bitte«, stammelte ich. »Sagen Sie meinem Freund, daß ich nach Strackenz nachkommen werde, sobald dieses Mißverständnis behoben ist.«

»Ich nehme an«, sagte der verkleidete Detektiv nunmehr, »daß er jeden Tag um elf Uhr auf dem Schloßplatz auf Sie warten wird. Soviel ich weiß, verkauft er dort Bücher.«

»Ja. Ja, er ist Buchhändler«, bestätigte ich hastig. Ich konnte nur hoffen, daß das Englisch des Polizisten so mangelhaft war, wie Holmes offenbar annahm.

»Nun gut, ich werde versuchen, Ihnen so bald wie möglich eine Bibel in Englisch zu bringen. Verlieren Sie den Mut nicht. Gott segne Sie.« Holmes machte das Kreuzzeichen über mir und bedeutete dem Polizisten, daß er gehen wollte.

Ohne einen weiteren Blick auf mich verließ der »Pfarrer« die

Zelle, und ich lehnte mich auf der Pritsche zurück und dachte über die Mitteilung meines Freundes nach.

Die Stunden in der Zelle zogen sich endlos dahin. Das Mittagessen wurde übersprungen, und am Nachmittag war mein Hunger so groß, daß mein Magen schmerzte, wie er das nicht mehr getan hatte, seit Murray und ich den afghanischen Horden entflohen waren.

Das Abendessen, als es endlich gebracht wurde, vermochte nicht, meinen Hunger zu stillen. Es bestand aus wässeriger Kohlsuppe, einem Stück dunklen Brotes und Blutwurst, die nicht mehr die frischeste war. Der Krug mit kaltem, bräunlichem Wasser, der mit diesem Festschmaus gebracht worden war, gehörte entweder zum Trinken oder zum Waschen. Ich entschied mich, weder das eine noch das andere damit zu machen.

Es gab keine Lampe in der Zelle, und mit dem Tag schwand auch das Licht. Ich fand mich notgedrungen mit meinem momentanen Geschick ab und schlief etwas unruhig, bis die Morgensonne sich durch die Gitterstäbe meines Gefängnisses stahl.

Das Frühstück bestand aus einer Art Haferschleim, der, wenn man ihn Edinburghern zugemutet hätte, zu Straßenkrawallen geführt haben würde, auch dazu gab es ein Stück trockenes Schwarzbrot. Danach durfte ich meine Zelle etwa zehn Minuten verlassen, um in einer baufälligen Hütte auf dem Innenhof meine Morgentoilette vorzunehmen. Ich war offenbar der einzige Inhaftierte, wie ich erleichtert feststellte, denn die Zustände hier waren schon schlimm genug, ohne daß ich sie auch noch mit jemandem teilen mußte.

Nachdem man mich in meine Zelle zurückgebracht hatte, vertrieb ich mir die Zeit mit Wortspielen: Ich versuchte herauszufinden, wie viele Wörter aus vier Buchstaben sich aus den Namen verschiedener englischer Städte bilden ließen. Ich hatte achtundzwanzig aus »Winchester« geschafft, als mein Wärter wiederkehrte und mir bedeutete, ihm zu folgen. Ich wurde in das

Zimmer gebracht, wo ich verhört worden war, doch nun blickte mir ein anderer Beamter entgegen.

»Bitte nehmen Sie Platz, Dr. Watson«, forderte er mich auf.

»Ah, Sie wissen also jetzt, wer ich bin!« rief ich.

»Ja. Und wir möchten uns vielmals ergebenst bei Ihnen entschuldigen. Der Dummkopf, der Sie hierherbrachte, hat Ihre Papiere in die eines anderen gesteckt, mit dem wir sehr gern gesprochen hätten, und er hielt Sie für ihn.«

»Mr. Sherlock Holmes?«

»Ja. Ein Detektiv, den die Regierung unseres kleinen Landes sprechen möchte. Offenbar reisten Sie im gleichen Zug nach Strackenz, und Sie beide stiegen im Grandhotel ab. Gestern früh gab dieser Trottel am Empfang Ihnen Mr. Holmes' Reisepaß gemeinsam mit Ihrem eigenen, und meine Leute begingen den Fehler, Sie für ihn zu halten.«

»Was wollen Sie denn von Mr. Holmes?« erkundigte ich mich.

»Es ist unwesentlich für Sie. Jedenfalls hat er Jötunsschlucht ohne seinen Paß verlassen, da ist es nur eine Frage der Zeit, wann er gefunden wird.«

»Dann kann ich also gehen?« hoffte ich.

»Lediglich noch ein paar Formalitäten, Herr Doktor«, sagte der höhere Beamte. »Darf ich mich erkundigen, weshalb Sie das Herzogtum Strackenz besuchen?«

Ich überlegte rasch. Ganz offensichtlich war meine Verbindung mit Holmes hier nicht bekannt, während sein Ruf ihm vorausgeeilt war.

»Ich las auf meiner Urlaubsreise durch Deutschland in meinem Baedeker von Strackenz' Sehenswürdigkeiten und entschloß mich, sie anzuschauen. Aber dann hat der Träger in Hamburg mich zum falschen Zug gebracht, und ich landete hier statt, wie beabsichtigt, in Ihrer Hauptstadt.«

»Wie bedauerlich!« Der Beamte war nun die Freundlichkeit selbst. »Sie müssen erlauben, daß die Regierung Sie zumindest ein wenig für die unangenehme Nacht hier entschädigt, indem sie Ihnen eine Kutsche für Ihre Reise zu unserer Hauptstadt zur Verfügung stellt. Graf Albert wird Ihnen zu diesem Zweck gern eine seiner eigenen überlassen.«

»Graf Albert?« tat ich unschuldig. »Wer ist das?«

Der Beamte sah aus, als würde er ohne aufzustehen die Hacken zusammenschlagen. Steif antwortete er: »Der Graf ist unser Regent.«

»Oh.« Ich ließ nicht locker. »Ich dachte, ein Herzog sei der Landesvater?«

»Des Herzogs Gesundheitszustand läßt leider zu wünschen übrig, deshalb führt der Graf die von Tag zu Tag anfallenden Regierungsgeschäfte, wie Sie verstehen werden.«

»Nun«, sagte ich und hielt es für besser, kein zu großes Interesse an den inneren Angelegenheiten des Herzogtums zu zeigen. »Ich wäre Ihnen jedenfalls verbunden, wenn Sie mir eine Reise nach Strackenz ermöglichen könnten. Ich hatte geplant, ein paar Tage dort zu verbringen, ehe ich meine Reise rheinabwärts fortsetze.«

Der Rest unserer Unterhaltung bestand lediglich darin, daß der Beamte mir gute Ratschläge gab, welche Sehenswürdigkeiten ich mir in Deutschland während meines Urlaubs noch ansehen sollte. Er empfahl mir besonders Ahrweiler und das Ahrtal, »doch nicht auf der üblichen Touristenroute«. Wie er mir gestand, war er dort geboren. Übrigens stellte er sich, kurz bevor er mich entließ, als Oberst Werner Trips vor.

Er geleitete mich sogar höchstpersönlich von der Polizeidirektion zu einer bereitstehenden Kutsche, in die er mein Gepäck bereits hatte bringen lassen. Trips sagte, falls ich irgendwelche Schwierigkeiten im Herzogtum haben sollte, dürfte ich gern auf ihn verweisen, dann würde man mir bestimmt helfen.

Die Kutsche des Grafen war gut gefedert und rollte mit erstaunlicher Schnelligkeit über die Landstraßen. Die Gegend war teils ebenes Ackerland, teils sanfte, bewaldete Hügel. Ich fühlte mich gleich besser, als wir um halb eins Station in einem Gasthaus unterwegs machten und mir ein rustikales Mittagsmahl vorgesetzt wurde.

Der Landwein dürfte ziemlich schwer gewesen sein, denn ich muß gestehen, daß ich den größten Teil der restlichen Reise schlief und erst erwachte, als wir durch den Außenbezirk einer verhältnismäßig großen Stadt fuhren. Besonders fiel mir hier auf, wie ordentlich und sauber alles war, selbst die Dachziegel schienen von den fleißigen Hausfrauen geschrubbt worden zu sein, und die Alleebäume hatten offenbar den ausdrücklichen Befehl erhalten, nur ja kein Blatt abzuwerfen.

Es wurde offensichtlich, daß Strackenz eine blühende Stadt war. Die Läden waren voll Qualitätsware, und die Menschen gingen auf den belebten Straßen eifrig ihren Geschäften nach. Wir kamen durch eine Straße, an der links eine hohe Steinmauer aufragte und rechts Läden dicht an dicht standen. Ich vermutete, daß sie an einer Seite des Schlosses vorbeiführte. Kurz darauf gelangten wir zu einer breiten Prunkstraße, und die Kutsche hielt vor einem anderen Grandhotel, diesmal einem, das seinem Namen Ehre machte. Plüsch und Marmor und hohe Stuckdecken, wohin man blickte, und ich wurde zu einer Suite mit fünf Zimmern im ersten Stock geleitet, die mir mit den Empfehlungen von Graf Albert von Jötun während der Dauer meines Aufenthalts kostenlos zur Verfügung stand, wie mir der fast peinlich zuvorkommende Hoteldirektor versicherte.

Wenn das kein Luxus war!

Meine Hauptsorge war, daß ich mich bei dem geringen Gepäck, das ich mitgenommen hatte, für diese Umgebung nicht immer passend kleiden konnte. Aber ich wußte, daß ich mich über gesellschaftlichen Zwang hinwegsetzen konnte, schließlich war ich Engländer! Immerhin hatte ich eine Smokingjacke eingepackt – für den Fall eines Falles.

Nachdem ich in einem heißen Bad geschwelgt hatte, beschloß ich, durch die Stadt zu schlendern. Ich würde Holmes nicht vor morgen vormittag treffen können, also konnte ich frei über meine Zeit verfügen. Ich spazierte zu dem Platz in der Stadtmitte. Vor mir lag der Vorhof des herzoglichen Schlosses, zu meiner Linken der Dom, rechts erstreckten sich Amtsgebäude, doch auf der Seite, von der ich den Platz betreten hatte, gab es mehrere Cafés mit Tischen unter Sonnenschirmen auf dem Bürgersteig. Ich nahm an einem Tisch Platz und bestellte Kaffee mit Torte. So konnte das Leben mir Spaß machen!

Entspannt beobachtete ich das rege Leben auf dem Platz. Von den Amtsgebäuden bewegte sich ein steter Strom von Beamten über den Platz zum Schloß, doch hätte ich nicht zu sagen vermocht, ob dieselben auch wieder zurückkehrten, da Herren in dunklen Anzügen und mit ernster Miene schwer auseinanderzuhalten sind.

Fahnen flatterten sowohl über dem Schloß als auch über den Regierungsgebäuden: Es waren Fahnen mit einem roten doppelköpfigen Löwen auf gelbem Hintergrund. Auch am Dom war eine Fahne aufgezogen, doch sie trug blaue und weiße Rauten mit einem schwarzen Vogel.

Während ich sie noch betrachtete, wurde zuerst die Fahne am Schloß eingeholt und dann auf halbmast gesetzt, gleich darauf die der Regierungsgebäude und schließlich die am Dom. Ein Lakai in purpurner Livree trat vor das Schloßtor und heftete eine Bekanntmachung daran. Und der Kellner, der mich bedient hatte, kam an meinen Tisch und sagte, daß das Café jetzt schließen würde – als Zeichen der Trauer um den soeben dahingeschiedenen Herzog.

Während ich langsam durch die Stadt zurück zum Hotel spazierte, wurden Rolläden der Geschäfte heruntergelassen, und ich sah, daß man in den Wohnungen über den Läden die Vorhänge

zuzog. Ich hegte allmählich Zweifel, daß ich heute abend überhaupt noch ein Mahl bekommen würde.
Erleichtert konnte ich jedoch feststellen, daß im Hotel das Leben offenbar seinen normalen Gang nahm. Im Foyer konnte ich die *Times* des Vortags zu einem unverschämten Preis erstehen. Mit ihr zog ich mich in mein Zimmer zurück, bis es Zeit sein würde, mich zum Dinner wieder hinunterzubegeben.
In der Zeitung fand sich keine Erwähnung des Verschwindens, dem Holmes und ich nachgingen. Man kann sich nur immer wieder über die Flüchtigkeit der Tagespresse wundern! Im Sportteil las ich interessiert, daß Charles Kortright von Essex – bestimmt der schnellste Werfer der Welt – seiner Grafschaft, die noch neu in der Kricketoberklasse war, zu einem haushohen Sieg über Sussex verholfen hatte, und zwar mit sechs Toren bei nur zweiundsechzig Läufen!
Um sieben Uhr begab ich mich hinunter, und außer daß die Kellner Trauerbänder über den Ärmeln trugen, deutete nichts darauf hin, daß das Ableben des Herzogs einen Einfluß auf den Hotelbetrieb hatte. Das Dinner war sättigend, kündete jedoch nicht von einem Kochkünstler, und ich beendete es mit zwei Kognaks zum Kaffee, ehe ich mich kurz nach zehn zum Schlaf des Gerechten auf mein Zimmer zurückzog.

Am Morgen stand ich frühzeitig zum Frühstück auf, wurde jedoch wieder unangenehm von der geringen Auswahl berührt. Aber vermutlich konnte man auf dem Kontinent nicht mehr erwarten.
Die englischen Zeitungen trafen nicht vor dem Spätnachmittag ein, wie man mir sagte, also beschloß ich, mir die Zeit bis zum Treffen mit Holmes damit zu vertreiben, mich ein wenig mit dieser fremden Stadt vertraut zu machen.
Strackenz, wie ich entdeckte, war einst eine befestigte Stadt gewesen, und ein großer Teil der alten Schutzmauer war noch erhalten. Die Stadt hatte sich inzwischen nach außen ausgebrei-

tet, aber ich hielt es für das beste, wenn ich mich erst einmal mit der Altstadt vertraut machte. Den Stadtplatz kannte ich bereits, also begann ich, innen an der alten Stadtmauer entlang, eine Runde um die Stadt zu drehen.

Ich sah drei alte Tore, im Norden, Süden und Westen, das Osttor war eingefallen, und zwar während einer Seuche im achtzehnten Jahrhundert, wie ich erfuhr. Es gab, wie man mir sagte, dreizehn Kirchen in der Stadt, darunter auch eine der Anglikanischen Gemeinde. Ich fand alle außer drei, zusätzlich stieß ich jedoch in einem einfacheren Viertel auf eine Synagoge, und über der Tür eines Hauses sah ich ein Schild mit der Aufschrift *Moschee*, das Bethaus der hiesigen Moslemgemeinde, wie ich schloß.

Es gab einen größeren Fleischmarkt und einen kleinen Fischmarkt, gleich neben dem Hauptmarkt, wo Gemüse, Obst, aber auch Textilien verkauft wurden, und es herrschte rege Betriebsamkeit, trotz des Ablebens des Herzogs. Herrscher mögen dahinscheiden, aber das tägliche Leben muß weitergehen. Am Tag des Staatsbegräbnisses würde es vermutlich anders sein.

Mir fiel das In- und Nebeneinander von Wohn- und Geschäftshäusern auf. Während es in den meisten englischen Städten ein bestimmtes Laden- und Geschäftsviertel gibt und die Wohnhäuser getrennt davon liegen, war hier in Strackenz alles dicht beisammen, so daß man einen Gemischtwarenladen direkt neben einem vornehmen Herrenhaus mit Wappen auf der Fassade finden konnte und nur ein paar Türen weiter, an derselben Straße, Werkstätten und die Wohnungen von Handwerkern.

Ich war so vertieft in meine Betrachtungen der städtischen Szenerie, daß ich mich fast zum Treffen mit meinem Freund verspätet hätte. Die Domuhr schlug bereits elf, als ich voll Besorgnis, ihn zu verfehlen, auf den Platz eilte.

Auf die rege Geschäftigkeit hier war ich nicht vorbereitet gewesen. An jeder Seite waren Verkaufsbuden und -stände aufgestellt,

wo alles mögliche feilgeboten wurde: Blumen, Ober- und Unterbekleidung, Schuhwerk, Süßigkeiten, Gebäck, Haushaltsartikel, ja es gab sogar einen Stand mit Heiligenfiguren.
Ich hielt mich am Rand der Menge, und tatsächlich, an der Domseite des Platzes befand sich ein Bücherstand mit der unverkennbaren Figur Sherlock Holmes' in weitem, schwarzem Mantel, die mir den Rücken zuwandte und offenbar in einen dünnen Band vertieft war.
Ich schritt zu ihm hinüber und stupste ihn vertraulich in die Rippen. »Mich können Sie nicht täuschen, Holmes«, sagte ich.
Ich war zutiefst bestürzt, als die Gestalt sich umdrehte und eine Dame mittleren Alters entrüstet in Deutsch auf mich einredete.
Ich entschuldigte mich verlegen – ob die Dame mein Englisch verstand, weiß ich nicht – und wich eilig einen Schritt zurück, wobei ich einen Stoß Zeitschriften umwarf und mein Schienbein schmerzhaft an einem Bein des Standes anschlug.
Als ich mich bückte, um die Journale aufzuheben, beugte sich der Verkäufer, ein Bursche, der so gar nicht dem englischen Vorbild eines gesetzten Buchhändlers entsprach und dazu noch einen gewaltigen, struppigen Schnurrbart hatte, dicht zu mir herüber und sagte leise: »John Watson, Sie sind wahrhaftig der tolpatschigste Engländer in Strackenz!«

Und wieder Holmes

Sherlock Holmes, denn er war es tatsächlich, trug einen deutschen grünen Lodenanzug und dazugehörigen Hut mit Metallabzeichen.
»Einen Moment noch, mein Freund«, sagte diese ungewohnt gekleidete Erscheinung. »Ich bin bis zur Rückkehr des Besitzers für den Stand verantwortlich. Bitte warten Sie an der Domtreppe auf mich, es dürfte nicht mehr lange dauern, bis ich weg kann. Aber bemühen Sie sich, unterwegs nicht auch noch andere Stände zu demolieren.«
Ich mag es nicht, wenn ich denken muß, daß Holmes mich auslacht, so verließ ich ihn steif und begab mich quer über den Platz zu der Freitreppe des Domes, von wo aus ich das bunte Durcheinander des Strackenzer Marktes beobachten konnte.
Ich hatte noch keine Viertelstunde gewartet, als Holmes die Stufen hochkam und mir entgegenrief: »Ah, Herr Engländer, ich bin bereit, Ihnen die Sehenswürdigkeiten dieser schönen Stadt zu zeigen.«
Ich ging darauf ein und fragte ihn, was das Gebäude vis-à-vis von uns war.
Er erklärte es so laut, daß sich mehrere Köpfe zu uns umdrehten, was ich sehr peinlich fand. Schließlich sagte er so, daß ebenfalls alle es hören konnten: »Und nun, Herr Doktor, sollten Sie sich einen Strackenzer Frühschoppen gönnen. Kommen Sie mit.«
Wir bahnten uns einen Weg durch das Gewühl auf dem Markt hin zu der Geschäftsstraße, die seitlich am Schloß vorbeiführte. Während wir dahinschritten, bediente sich Holmes allmählich wieder seiner normalen Lautstärke, und so erregten wir auch keine Aufmerksamkeit mehr – wie er es zuvor beabsichtigt hatte –, als wir uns an einen Tisch in einem kleinen Lokal setzten.

Tatsächlich senkte er die Stimme fast zu einem Flüstern, als er sich zu mir herüberbeugte. »Ich bin sehr froh, Sie wiederzusehen, mein lieber Watson. Ich hoffe, Sie haben sich von Ihrer Inhaftierung erholt. Darf ich fragen, wo Sie hier abgestiegen sind?«

Ich sagte es ihm, und er drückte seine Belustigung aus über den krassen Unterschied meiner nächtlichen Unterbringung von einem Tag zum nächsten. Dann erkundigte ich mich, wo er untergekommen sei.

»Mein Problem ist, daß ich unser Hotel in Jötunsschlucht etwas überstürzt verlassen mußte und keinen Paß habe«, sagte Holmes. »Aber ein Bekannter hat mich aufgenommen, mit dem ich regelmäßig über das Thema Zigarren- und Zigarettenasche korrespondiere. Das tun wir bereits seit Jahren, begegneten uns jedoch jetzt zum erstenmal. Aber ich wußte, daß er absolut vertrauenswürdig ist, und er hat dieses Vertrauen auch nicht enttäuscht.«

»Konnten Sie etwas über Maria von Bölow herausfinden?« erkundigte ich mich.

»Ich weiß alles über unser entführtes Kindermädchen – außer, wo sie sich momentan befindet.«

»Könnten Sie mir das erklären?« bat ich.

»Selbstverständlich«, versicherte mir Holmes, »nachdem ich mir noch eine Tasse Kaffee gegönnt und mein Aussehen weniger auffallend deutsch und Ihres nicht ganz so englisch gemacht habe.«

Damit mußte ich mich abfinden, und so ließ auch ich mir das gleiche bringen. Kaffee und Torte waren nicht schlecht, und ich hätte beides nachbestellt, wenn sich Holmes nicht sofort erhoben und ein paar Münzen auf den Tisch gelegt hätte, nachdem er seine Tasse geleert hatte.

Er führte mich aus dem Lokal in ein wahres Straßenlabyrinth, und nach etwa fünf Minuten klopfte er an eine schwere Holztür,

die mich an die wetterfest beschlagenen Häuser von East Anglia erinnerte.
Wir wurden von einem freundlich lächelnden Herrn in ein gemütliches Zimmer gebeten, und Holmes stellte mir, nachdem er ihm meinen Namen genannt hatte, seinen Gastgeber als Johann Kolb vor, »der eminente Gerichtswissenschaftler, der seine Forschungen privat betreibt«.

Holmes fühlte sich hier offenbar wie zu Hause. Er ließ sich ohne Aufforderung in einen bequemen Sessel fallen und bedeutete mir, das gleiche zu tun. Ich blickte unseren Gastgeber an, der mir nickend einen Sessel anbot. Ich ließ mich jedoch nicht einfach hineinplumpsen, wie Holmes es getan hatte, sondern setzte mich aufrecht auf die Kante und begann, meinen Freund mit Fragen zu bedrängen. »Kommen Sie schon, Holmes, erzählen Sie endlich, was Sie erfahren haben!«
»Also gut«, erklärte sich mein Freund einverstanden. »Was möchten Sie wissen?«
»Wo ist Maria von Bölow?«
»Wie ich schon sagte, ist das das einzige, was ich nicht sicher weiß – allerdings haben Johann und ich einige Vermutungen. Möchten Sie nicht wissen, weshalb sie in London war, wer sie entführt hat und warum?«
»Ja, natürlich!« schnaubte ich. Holmes kann einen manchmal wirklich zur Weißglut reizen.
»Die zukünftige Großherzogin wurde nach England geschickt, weil sie sich in einen Offizier der herzoglichen Leibgarde verliebt hatte – das zumindest ist die offizielle, wenn auch nicht öffentlich bekanntgegebene Version, weshalb sie nicht mehr am Hof zu sehen war. Tatsächlich hatte ihr Vater sie jedoch weggeschickt, weil Graf Albert, ihr Oheim, ihr angeblich Avancen machte, die sowohl von seiten des Mädchens wie des Herzogs unerwünscht waren.«

»Aber gewiß wäre eine solche Verbindung doch angemessen gewesen«, sagte ich. »Oder nicht?«
»Albert ist gute zwanzig Jahre älter als das Mädchen, doch hauptsächlich war der Vater wegen der zu nahen Blutsverwandtschaft dagegen. Im Geschlecht des Strackenzer Herzogshauses ist es schon einmal zur Inzucht gekommen, und ich brauche Ihnen als Arzt ja nicht auszumalen, wozu das führen kann. Maria ging durchaus freiwillig nach London, und ihr Vater riet ihr, sich von diplomatischen Kreisen fernzuhalten, da sich sonst alsbald auch in Deutschland herumspräche, wo sie sich aufhielt. Infolgedessen nahm sie eine Stellung in einer respektablen englischen Familie an, weil sie dachte, ihr scheinbarer Stand und ihre Tracht würden sich als wirkungsvolle Verkleidung erweisen.«
Johann Kolb bemerkte lachend. »Von Samt und Seide zu gestärktem Leinen – das hätte so gut wie alle täuschen müssen.«
»Aber«, fuhr Holmes fort, »Graf Albert konnte mit Leichtigkeit herausfinden, daß Maria in England war. Er hat Bekannte und Gewährsleute in vielen deutschen Staaten und den Niederlanden, wo eine junge Dame aus Strackenz keine großen Schwierigkeiten mit der Sprache hätte, und die einzige Fremdsprache, die Maria beherrscht, ist Englisch. So konnte der Graf rasch eruieren, daß sich das Mädchen aller Wahrscheinlichkeit nach in England befand.«
»Warum nicht in Amerika?« warf ich ein. »Schließlich spricht man auch dort eine Art Englisch.«
»Das wäre zu weit gewesen, alter Junge«, antwortete Holmes. »Der Herzog wollte seine Tochter nicht mehr als eine Tagesreise entfernt wissen.«
»Wie konnte der Graf das Mädchen in England aufspüren?«
»Das war lächerlich einfach.« Holmes drückte die Fingerspitzen zu einem Zelt zusammen und blickte auf sie hinunter. »Hätte man mich mit dem Untertauchen des Mädchens betraut, wäre sie nicht gefunden worden. Doch so adressierte der Herzog eigen-

händig zwei Briefe an die Park Road, die er vom Hauptpostamt in der Stadt abschicken ließ. Absolut lächerlich! Genausogut hätte er auf das Schloßdach steigen und über den Marktplatz brüllen können, wo sich seine Tochter aufhielt.«

»Sie deuten damit also an, daß das Mädchen von Alberts Leuten entführt wurde«, sagte ich. »Warum haben sie so lange damit gewartet?«

»Der Herzog war den größten Teil des Sommers krank, und ich nehme an, Albert hoffte, auch ohne Heirat an die Macht zu kommen und sich mit Maria zu vermählen, sobald diese zurückkehrte. Sie wird nämlich den Thron nach dem Ableben ihres Vaters besteigen, da das Salische Gesetz in diesem Land keine Gültigkeit hat.«

»Was«, fragte ich, »ist das Salische Gesetz?«

Holmes blickte mich leicht gereizt an. Ich sollte es wirklich besser wissen, als in seiner Anwesenheit irgendeine Bildungslücke zuzugeben. Aber ich mußte diesen Punkt verstehen, um dem Argument folgen zu können.

»Das Salische Gesetz«, erklärte er, »schließt Frauen von der Thronfolge aus. Sowohl der Name als auch diese Sitte stammt von einer Stammesgruppe der Franken ab, den Saliern.«

»Also hat Albert zwei Alternativen, wenn er herrschen will«, sagte ich. »Er heiratet entweder das Mädchen, oder er usurpiert den Thron.«

»Und jetzt«, warf Johann Kolb ein, »ist unser Herzog tot!«

Ich murmelte Beileidsbezeugungen, doch Holmes, der nichts von Sentimentalität hält, drückte ihm lediglich die Hand und sagte: »Meine Freunde, wir haben keine Zeit für müßiges Reden. Wir müssen das Mädchen so rasch wie möglich in ihr Schloß zurückbringen!«

»Schön und gut, Holmes, aber zuerst müssen wir sie finden«, erinnerte ich ihn. »Wo, glauben Sie, könnte sie sein?«

Nun ergriff Johann Kolb das Wort. »Da gibt es verschiedene

Möglichkeiten, da Graf Albert mehrere Domizile besitzt, die im Herzogtum verstreut sind. Sein Hauptwohnsitz ist Schloß Stollenberg, etwas außerhalb der Stadt Strackenz, doch das ist dienstags und donnerstags zur Besichtigung geöffnet, und ich glaube nicht, daß man sie in der Privatsuite festhält, die lediglich aus fünf Gemächern besteht. Albert hat zwei Jagdhütten im Wald, aber sie sind sehr klein. Sein Stadthaus befindet sich in der Lindenstraße, die Möglichkeit, daß sie sich dort befindet, ist größer.«

»Wieso?« fragte Holmes.

»Es hat viele Zimmer, von denen einige selten benutzt werden, und dem Grafen treu ergebenes Personal. Außerdem ließe sich einer der vielen Kellerräume bestimmt als Verlies benutzen.«

»Sonstige Möglichkeiten?« erkundigte ich mich.

Kolb überlegte kurz. »Weitere Häuser besitzt Graf Albert nicht, aber würde man die Liste seiner Anhänger durchgehen, fänden sich zweifellos viele Land- und Stadthäuser sowie abgelegene Hütten und Bauernhöfe, deren Eigentümer das Mädchen für ihn festhalten könnten, weil es zu ihrem Vorteil wäre, würde Albert Herzog.«

Ich erklärte, daß ich selbst solche Anhänger kennengelernt hatte, wenn auch aus niedriger Schicht, als man mich in Jötunsschlucht festgenommen hatte. Ich äußerte meine Meinung, daß man in den Zellen der dortigen Polizeidirektion eine größere Zahl Personen festhalten könne, ohne daß Außenstehende davon erfuhren.

»Wir müssen logisch vorgehen«, entgegnete Holmes. »Wir können mit ziemlicher Sicherheit davon ausgehen, daß die junge Dame zumindest zum Bahnhof der Stadt Strackenz gebracht wurde, denn der Schnellzug von Hamburg nach Berlin und Dresden hält dort zum erstenmal, und es ist unwahrscheinlich, daß die Entführer mit ihr diesen Zug weiternahmen. In Strackenz angelangt, dürfte es schwierig gewesen sein, das Mädchen unerkannt weiter zu schmuggeln, da sie und ihr Vater mit der Unterstützung der ländlichen Bevölkerung rechnen können, wie ich schließe, mehr als mit der der Stadt. Also nehme ich an, daß sie sich noch innerhalb der Stadtgrenzen befindet.«

»Dann käme doch wohl nur Graf Alberts Stadthaus in Frage!« rief ich. »Befreien wir sie sogleich!«

»Nicht so hastig, Watson!« mahnte mein Freund. »Wir können nicht einfach an der Haustür klopfen und den Butler höflich fragen, ob wir eine Audienz mit der neuen Herzogin haben dürfen.«

»Natürlich nicht!« Ich ärgerte mich, weil Holmes mich für so unüberlegt halten konnte. »Aber wir könnten die Lage erkunden!«

»Damit haben Sie recht.« Holmes sprang auf. »Sehen Sie, wie erfrischend es ist, einen Mann der Tat an der Seite zu haben statt lediglich Wissenschaftler wie wir, die sich mit Theorien zufriedengeben? Dann wollen wir uns also möglichst unauffällig in der Lindenstraße umsehen.«

Ehe wir aufbrachen, gestattete mir Johann Kolb, mich aus seinem Kleiderschrank zu bedienen, und als wir gingen, sah ich, sagen wir, etwas weniger englisch aus denn zuvor. Auf den Schnitt kontinentaler Kleidung würde man zwar in der Savile Row herabsehen, aber sie ermöglicht es, mit dem Hintergrund zu verschmelzen.

Lindenstraße

Wir traten aus Herrn Kolbs Haus in den strahlenden Sonnenschein. Holmes ging ohne Zögern nach links und bog nach einer kurzen Weile rechts in eine andere Straße ein.
Während wir dahinschritten, fragte ich: »Holmes, weshalb haben Sie die Strackenzer Polizei nicht benachrichtigt, daß die Entführer und das Mädchen mit dem Zug nach Strackenz kommen würden?«
»Ich entschied mich nach einiger Überlegung dagegen«, gestand mein Freund, »weil ich nicht wissen konnte, wer die Depesche bekommen würde. Aber selbst wenn sie in die richtigen Hände gelangt wäre, hätte man eine so unglaubliche Geschichte ernst genommen? Und schlimmer noch, dadurch wäre mein Interesse an diesem Fall bekannt geworden.«
»Es war bereits bekannt«, gab ich zu bedenken, »denn sonst hätten die Schergen des Grafen Sie – oder vielmehr mich – nicht festgenommen.«
»Ja, das beunruhigt mich. Wer kann diese Leute auf meine Untersuchung hingewiesen haben?« fragte mein Freund nachdenklich. »Ich habe niemandem von unserer Reise nach Deutschland erzählt, und meine Ermittlungen in England können kaum jemanden auf mein Interesse am Verschwinden einer jungen Dame aufmerksam gemacht haben.«
Inzwischen hatten wir eine breite Durchfahrtsstraße erreicht, und das Straßenschild an einem Laternenmast verriet uns, daß dies die Lindenstraße war. »Das Haus des Grafen liegt rechts von hier, auf der gegenüberliegenden Seite«, erklärte mir Holmes. »Wir werden unauffällig auf dieser Straßenseite daran vorbeischlendern und uns die Schaufenster ansehen. Die Scheiben können als Spiegel recht nützlich sein.«

Etwa hundert Meter weiter hielten wir vor dem Schaufenster eines Sattlers an, in dem er eine Auswahl seiner meisterlichen Arbeiten ausstellte. Da sie hauptsächlich aus dunklem Leder gefertigt waren, gab es ein besonders gutes Spiegelbild der gegenüberliegenden Straßenseite ab. Von Passanten, mehreren Reitern und vereinzelten Gefährten unterbrochen, studierten wir die Fassade von Graf Alberts Stadthaus.
Es war ein dreistöckiger Ziegelbau in hanseatischem Stil mit Ziergittern vor den Fenstern. Die trutzige Eichentür an der Vorderseite war mit Metallbeschlägen verstärkt, und zwei Uniformierte standen zu beiden Seiten Posten mit Hellebarden in der Rechten und Degen, die vom Koppel hingen.
Von der Straße aus war die Tiefe des Hauses nicht zu erkennen, aber man konnte annehmen, daß ein Graf ein bedeutend größeres Haus führte, als der verhältnismäßig bescheidenen Fassade an der Lindenstraße zu entnehmen war. Wie es hier üblich war, schloß an die wahllose Aneinanderreihung von Wohn- und Geschäftshäusern, die ich schon einmal erwähnt habe, links eine Filiale der Dresdner Bank an das Haus des Grafen an und rechts eine Modistin, offenbar ersten Ranges, was ich daraus schloß, daß in ihrem Schaufenster nur eine einzige Création prangte und diese nicht mit einer Preisauszeichnung versehen war.
Holmes und ich studierten das Sattlerschaufenster etwa fünf Minuten, als uns ein Gesicht, vermutlich das eines Gehilfen, durch einen Tüllstore musterte. Offenbar fragte der Gute sich, ob diese ausgedehnte Aufmerksamkeit bedeutete, daß mit Kundschaft zu rechnen war. Ich stupste Holmes unauffällig, um ihn auf diesen Beobachter hinzuweisen. Zu meiner Überraschung forderte Holmes diesen Gehilfen mit einem Kopfnicken auf herauszutreten.
Als der junge Mann neben uns auf dem Bürgersteig stand, sagte Holmes zu ihm: »Sie haben da einen in Leder gefaßten Feldstecher im Schaufenster. Könnten Sie uns sagen, was er kostet? Der

dort drüben.« Er deutete auf ein sehr schönes Binokular, von uns aus rechts im Fenster.
Der Gehilfe bat uns beflissen, ihn in den Laden zu begleiten, dann überließ er die Bedienung seinem Meister, wie ich annahm, nachdem er ihm erklärt hatte, woran wir interessiert waren. Dieser Mann brachte nicht nur den Feldstecher aus dem Schaufenster für uns an, sondern wie ein Bühnenzauberer auch andere Ferngläser verschiedenster Anfertigung aus allen möglichen Regalen und Schränken. Holmes drückte seine Anerkennung über diese große Auswahl aus und kaufte schließlich das Binokular, das uns in den Laden geführt hatte.
Während es noch einmal gründlich poliert wurde, ehe der Ladenbesitzer es in sein Etui gab, fragte Holmes: »Was ist das für ein Haus dort drüben? Es muß ein sehr wichtiges Gebäude sein, wenn gleich zwei Posten davor Wache halten.«
Der Meister antwortete: »Das ist das Stadthaus von Graf Albert von Jötun. Er ist eine sehr hochgestellte Persönlichkeit.«
»Für einen so bedeutenden Mann scheint mir das aber kein sonderlich großes Domizil zu sein«, meinte Holmes.
»Oh, aber es *ist* groß!« widersprach der Mann. »Es ist ein schmales, doch langes Gebäude. In jedem Stockwerk sind nur jeweils zwei größere Zimmer der Straße zugewandt, aber es reicht weit nach hinten und wird auch breiter. Es gibt wenigstens zwanzig Räume im Haus. Und der Keller! Absolut riesig! Er verläuft nicht nur unter dem Haus, sondern sogar noch unter der Straße!«
»Besteht die Möglichkeit, es zu besichtigen?« fragte der »Tourist« Holmes. »Es dürfte recht interessant sein.«
»Leider nein«, bedauerte der Sattlermeister. »Der Graf lebt sehr zurückgezogen, wenn er sich in der Stadt aufhält.«
Wir wurden mit vielen Bücklingen zur Tür geleitet und setzten unseren Spaziergang die Lindenstraße hinab fort, wobei wir immer wieder stehenblieben, um uns Schaufenster anzusehen. Wo die Straße sich zu einem öffentlichen Platz weitete, luden

Bänke rings um einen Brunnen in Form einer Putte zum Verweilen ein. Wir setzten uns auf eine, und Holmes hing seinen Überlegungen nach, wobei ich ihn nicht stören wollte.
Nach einigen Minuten sagte er: »Wir müssen in das Haus hinein, Watson, aber wie? Ich bezweifle, daß wir als Ehrengäste willkommen geheißen werden, wenn wir uns am Eingang präsentieren. Aber ich sehe keine Möglichkeit, wie wir vom Hutladen oder von der Bank aus hineingelangen könnten. Damit bleiben uns nur drei vielleicht erfolgversprechende Alternativen.«
Ich gestand, daß ich nur eine einzige sah.
»Welche?« fragte Holmes.
»Durch die Hintertür«, antwortete ich.
»Es wäre eine Möglichkeit«, gestand Holmes mir zu, »allerdings betrachte ich sie als die am wenigsten wahrscheinliche. Glauben Sie denn nicht, Watson, daß die Rückseite ebenso gut bewacht wird wie der Vordereingang? Es ist sicher der Mühe wert, uns zu vergewissern, aber ich fürchte, daß uns der Zutritt durch den Küchentrakt nicht weniger verwehrt sein wird als durch den Haupteingang.«
Holmes zog aus der Brusttasche eine Stadtkarte und studierte sie kurz.
»Kommen Sie, Watson«, forderte er mich auf. »Sehen wir uns den Hintereingang zu Graf Alberts Haus an.«
Er führte mich durch enge Gassen mit alten, heruntergekommenen Häusern.
Zweimal bogen wir links ein und einmal rechts und gelangten so zu einer Sackgasse, die vor einer roten Ziegelmauer mit nur einer Tür endete. Vor dieser Tür stand ein Posten in der gleichen Uniform wie die der beiden Wachen am Haupteingang in der Lindenstraße, und diese Tür wirkte auch nicht einladender als die in der Fassade.
»Ich glaube, damit können wir diese Möglichkeit streichen«, sagte Holmes, während wir unseren Weg fortsetzten, der uns

schließlich zum Hauptplatz brachte, der nun wieder frei von Marktständen war.
»Was sind die anderen Alternativen?« erkundigte ich mich.
»Jedes Gebäude ist ein Kubus. Es hat vier Seiten, einen Boden und ein Dach. Wir haben festgestellt, daß uns die vier Seiten keinen Einlaß bieten, aber wir wissen, daß es einen Keller gibt und, obwohl wir es noch nicht sehen konnten, ein Dach. Unsere einzige Chance ist, durch das eine oder andere ins Innere zu gelangen.
Ich wäre Ihnen dankbar«, fuhr er fort, »wenn Sie Ihren Spazierstock mit besonderem Eifer benutzten, sobald wir durch die Lindenstraße zurückkehren, diesmal auf Graf Alberts Seite.«
»Verzeihen Sie, Holmes, aber ich verstehe nicht, was Sie sich davon versprechen.«
»Während Sie dahinspazieren, mein teurer Freund, könnten Sie da Ihren Stock immer fest aufsetzen? Ich muß mir zumindest ein grobes Bild davon machen, wie weit der Keller unter die Straße reicht.«
Wir kehrten deshalb auf die Lindenstraße zurück, ich schritt weit aus, schwang meinen Stock, als erklömme ich einen Berg, und setzte ihn immer wieder wie einen Trommelstab auf dem Boden auf. Holmes folgte mir in einem Abstand von einigen Schritten, und ich konnte mir vorstellen, wie seine scharfen Ohren jeden Widerhall registrierten, den mein Stock verursachte. Es dauerte nur wenige Minuten, bis die Straße hinter uns lag und wir wieder auf dem Platz mit dem Puttenbrunnen standen.
Ich wandte mich meinem Freund zu und erkundigte mich, ob dieses Experiment etwas genutzt hatte.
»Durchaus«, antwortete er. »Der Keller ist nicht breiter als das Haus, hat jedoch ein Doppelgewölbe, so daß die Decke, die unmittelbar vom Eingang aus unter der Straße hinausragt, ungemein stabil ist, doch zu beiden Seiten davon ist sie wahrscheinlich nur sechs Fuß stark.«

»Wie kann dieses Wissen uns nützen?« fragte ich.
»Nun, ich sehe momentan keinen praktischen Nutzen«, gestand der Detektiv, »aber je mehr wir über die Festung unseres Gegners wissen, desto besser.«
»Und was werden wir jetzt tun?«
»Möglicherweise fiel es Ihnen nicht auf, als Sie über das Pflaster stapften, aber etwa fünf Türen von Graf Alberts Haus in diese Richtung befindet sich ein Eingang zwischen einem Süßwarenladen und einem Haushaltswarengeschäft, an dem mehrere Schilder der Hausbewohner befestigt sind. Sie gingen zu schnell, als daß ich sie alle hätte lesen können, aber eines war jedenfalls das eines Schneiders, der sich auf Änderungen spezialisiert, und er hat seine Werkstatt im ersten Stock. Es wäre möglich, daß man durch das oberste Stockwerk auf die Dächer von Strackenz gelangen könnte.«
Frisch gewagt ist halb gewonnen, also kehrten wir das Stück wieder zurück und lasen Augenblicke später das Schild, das Holmes aufgefallen war. Über der Werkstatt von Herrn Hans Schmidt, dem Flickschneider, befand sich eine Transportfirma – »große Erfahrung in der Beförderung von Einrichtungen in die deutschen Kolonien« – , während im dritten Stock und dem Dachgeschoß eine Schwedin namens Mimi ihren Massagesalon hatte.
Ohne Zögern öffnete Holmes die Tür, und ich folgte ihm die dunkle Treppe hoch. Wir kamen an Herrn Schmidts Werkstatt vorbei und hörten, wie er einem Kunden etwas erklärte. Die Kontore von Telemann und Brocht schienen verlassen zu sein, da eine beachtliche Menge Post, die aufzuklauben sich niemand die Mühe gemacht hatte, vor der Tür herumlag. Holmes, der immer die Augen offenhält, sagte, während wir weiter hochstiegen: »Ich vermute, daß der einzige Angehörige dieser Transportfirma am nächsten Montag aus dem Urlaub zurückkommen wird.«

Eine seltsame Veränderung ging mit dem Treppenhaus vor, als wir uns dem dritten Stock näherten. Hier bedeckte ein Läufer die Stufen, und an den schmutzigen Wänden waren Bilder befestigt. Ich war bereits eine geraume Weile Witwer, halte mich für einen Mann von Welt und habe Erfahrung mit Frauen in drei Erdteilen, trotzdem trieb mir ein Blick auf einige dieser Bilder Röte ins Gesicht. Die meisten waren offenbar aus Zeitschriften ausgeschnitten und stellten Frauen in unwahrscheinlichen Stellungen dar, manche allein, andere mit Herren und, was mich am meisten schockierte, einige mit anderen Frauen!
Holmes schien es nicht zu stören. Er stand bereits ungeduldig an der Tür im dritten Stock, während ich noch die Treppe hochstieg.
»Kommen Sie, Watson«, rief er. »Reißen Sie sich von den Hors-d'œuvres los, wir wollen Mimi kennenlernen. Ich glaube, Sie werden Gelegenheit haben, Ihr Schwedisch aufzufrischen.«
Ich murmelte, daß ich gar nicht Schwedisch spräche, und er klopfte an die Tür.
Eine Frauenstimme rief (soviel Deutsch verstand ich): »Es ist nicht zugesperrt, komm ruhig rein, Süßer!«
Holmes drückte auf die Türklinke, und wir gelangten zu einer üppigen Blondine in den Dreißigern. Sie lag auf einem Bett, das den größten Teil eines verhältnismäßig kleinen Zimmers beanspruchte.
»Oh, gleich zwei«, bemerkte die Dame. »Nun, ich werde sehen, was ich tun kann.«
»Schon gut, gnädiges Fräulein«, sagte Holmes, ganz Kavalier. »Ich habe meinen Freund nur begleitet und bedarf Ihrer freundlichen Aufmerksamkeit nicht. Wenn Sie gestatten, begebe ich mich auf den Balkon und betrachte die Stadt aus dieser Sicht, während sich Samuel Ihrer Massage erfreuen darf.«
»Sie sind aber ein seltsamer Kauz!« staunte die Dame. »Aber wenn Ihnen das Spaß macht, will ich Sie nicht davon abhalten.

Bitte kommen Sie herein. Aber nicht durch das Fenster zusehen, wenn ich bitten darf.« Von da ab schien Mimi Holmes vergessen zu haben und blinzelte mir zu. »Komm her, Samuel!« Sie tätschelte auffordend die Matratze neben sich.
So verlegen war ich, daß ich nicht mehr daran dachte, Holmes zu fragen, wie er auf die Idee gekommen war, mich umzutaufen. Ich ging hilflos, wie ein von einem Schlangenblick gebanntes Kaninchen, auf die Frau auf dem Bett zu.
Während Mimi mich derart anzog, war mir bewußt, daß Holmes auf den Balkon getreten war und die Tür hinter sich geschlossen hatte.
Die genauen Einzelheiten der folgenden halben Stunde sind selbst mir verschwommen geblieben, aber ich weiß, daß ich einige Verrenkungen machte, zu denen ich mich nicht imstande gehalten hätte, schon gar nicht mit meiner anfälligen Schulter. Mimi war eine außerordentlich enthusiastische Masseuse, allerdings bezweifle ich, daß einige ihrer Griffe im Lehrbuch für Masseure aufgeführt sind.
Das nächste, dessen ich mir bewußt wurde, war Holmes, der mich an der Schulter rüttelte, und als ich ganz aufwachte, sah ich, daß Mimi an einer winzigen Frisierkommode in der Zimmerecke saß und ihr Make-up auffrischte.
»Anstrengend für jemand Ihres Alters, nehme ich an«, sagte Holmes mit verschwörerischem Lächeln. »Sie alter Schwerenöter!«
»Ich weiß nicht, was Sie meinen«, entgegnete ich. »Miss Mimi hat meine steifen Glieder gelockert.«
»Genug.« Ich fand Holmes' Lächeln nun fast unverschämt. »Kommen Sie jetzt. Ich habe das Honorar dieser jungen Dame bereits für Sie bezahlt und mit ihr vereinbart, daß wir beide heute abend kurz nach neun noch einmal hierherkommen werden.«
Während ich die Stufen hinunterstolperte, gestand ich Holmes, daß ich wohl kaum die Kondition für eine weitere Massage am

selben Tag haben würde, doch Holmes ignorierte es. Auf der Straße angelangt, riet er mir, ins Hotel zurückzukehren, und versprach, mich um halb neun Uhr abzuholen, nachdem ich gespeist hatte. »Aber keinen dieser schweren Puddings, alter Freund«, mahnte er. »Es könnte sein, daß wir heute nacht einen etwas schlankeren Watson brauchen.« Er ließ mich mit dieser kryptischen Bemerkung zurück und verschwand in einer Nebenstraße.

Offenbar hatte Holmes von Mimis Balkon aus etwas entdeckt, während ich anderweitig beschäftigt gewesen war, und aus Holmes' Bemerkung zu schließen, sollte ich etwas mit ihm unternehmen, statt mich einer neuerlichen Liaison mit Mimi hinzugeben – wofür ich nur dankbar sein konnte. Ich werde anscheinend alt, und meine Vitalität läßt nach!

Holmes' Rat befolgend, kehrte ich zum Hotel zurück und gönnte mir ein etwas spätes Mittagessen, zu dem unter anderem die momentane Spezialität des Hauses gehörte, eine Spargelplatte. Ich muß wohl ein wenig zuviel Bier dazu getrunken haben, denn ich verbrachte den größten Teil des Nachmittags schlummernd in einem weichen Sessel im Salon meiner Suite.

Am Spätnachmittag hatte ich mich so weit erholt, daß ich mich zu einem Spaziergang aufraffen konnte. Diesmal hielt ich es jedoch für ratsam, ihn außerhalb der Stadtmauer zu machen; Graf Albert sollte doch auf keinen Fall irgendwie gewarnt werden. So begab ich mich zum Kanal und folgte dem Treidelpfad, dabei begegneten mir mehrmals Pferde, die Kähne ohne Eigenantrieb den Kanal hochzogen, sowie andere Schiffe mit der unterschiedlichsten Fracht.

Um sechs Uhr kehrte ich ins Grandhotel zurück und dachte über den Widersinn nach, daß ich, der ich hier in dieser Luxussuite Gast des Grafen war, vielleicht in wenigen Stunden in sein Haus einbrechen würde!

Ich dinierte früh und, wie Holmes gebeten hatte, nicht sehr reichlich, selbst Wein gönnte ich mir nur ein Glas, da ich dachte, ich würde später wahrscheinlich einen klaren Kopf brauchen. Aus diesem Grund vermied ich sogar sowohl den üblichen Aperitif als auch den Verdauungskognak.

Danach zog ich meinen Abendanzug aus und schlüpfte in Knickerbocker und Sportjacke, was ich für die geeignetste Kleidung für eine möglicherweise anstrengende Nacht hielt.

Den Rest der Zeit, bis Holmes mich abholte, vertrieb ich mir mit dem englischsprachigen Tagblatt, das ich mir aus dem Foyer mitgenommen hatte, und studierte die Nachrichten aus aller Welt.

Das Stadthaus

Ich las gerade einen Artikel über den Stapellauf eines Hochseedampfers in Hartlepool, als ich durch ein Klopfen an der Tür gestört wurde. Als ich sie öffnete, stand ein Offizier vor mir. Er hatte ein Monokel in sein rechtes Auge geklemmt, und in seiner linken Wange schimmerte ein ziemlich großer Schmiß. Er war glatt rasiert, aber offenbar von starkem Bartwuchs, denn es sah aus, als genügte seine Morgenrasur nicht für den ganzen Tag. Am augenfälligsten war jedoch seine Uniform.

Ein Helm mit ungeheurer Metallspitze krönte seinen Kopf. Die königsblaue Jacke hatte einen roten Schnurverschluß und war rot paspeliert, genau wie die Nähte der um die Oberschenkel weiten, um die Waden jedoch engen Hose, wodurch die schwarzen Schaftstiefel gut saßen. Vom Gürtel hing ein Säbel in der Scheide, und in der Linken hielt er ein Offiziersstöckchen, das er offenbar benutzt hatte, um an die Tür zu klopfen.

»Dr. Watson?« erkundigte er sich und schlug die Hacken in teutonischer Höflichkeit zusammen.

Ich gestand es ein und erkundigte mich, wie ich ihm behilflich sein könnte.

»Sie möchten heute abend das Haus von Graf Albert von Jötun in der Lindenstraße besuchen?« fragte er.

Ich wußte nicht, was ich sagen sollte. Die Behörden konnten doch nichts von unserer heimlichen Verabredung mit Mimi um neun Uhr erfahren haben, und selbst wenn, wie ließe sich daraus schließen, daß zu unseren weiteren Plänen ein Einbruch in Graf Alberts Stadthaus gehörte? So starrte ich ihn lediglich sprachlos an.

»Vielleicht möchten Sie mich zum Domizil des Grafen begleiten?« fragte der Offizier nun.

Auch jetzt starrte ich ihn nur an, ohne einen klaren Gedanken fassen zu können.
»Also wirklich, Watson«, fuhr der Offizier fort, »ich sagte doch, daß ich Sie um halb neun abholen würde! Das können Sie doch nicht vergessen haben.«
So oft hat mich Holmes in Verkleidung getäuscht, daß ich manchmal völlig Fremde anredete, weil ich sie für ihn hielt, doch wenn es wirklich der große Detektiv ist, gelingt es mir anscheinend nie, seine Maskerade zu durchschauen. Diesmal fand ich, hatte er sich selbst übertroffen: Seine Haltung, sein Aussehen, sein Akzent, all das deutete auf einen hohen deutschen Offizier hin. Möglicherweise hätte er einen anderen deutschen Offizier nicht zu täuschen vermocht, aber bei mir gelang es ihm durchaus.
»Es hätte Ihnen auffallen müssen, Watson«, rügte der »Offizier«, »daß einer der angeblichen Orden, die ich trage, eine Auszeichnung für zwanzigjährigen Dienst bei der Freiwilligen Feuerwehr von Kiel ist und ein anderer eine vom Prinzregenten von Bayern verliehene Medaille für gute Führung. Genausowenig hätte Ihnen entgehen dürfen, daß mir die Pickelhaube um mindestens eine Nummer zu klein ist. Allerdings kann ich so wenigstens hoffen, daß die meisten anderen, denen wir begegnen werden, ebenso schlechte Beobachter sind wie Sie und nicht auf Einzelheiten achten.«
Ich sagte, daß es außer ihm kaum jemanden gäbe, der mit einem Blick so viele Details wahrnahm.
»Sind Sie für unsere kleine Expedition bereit?« fragte Holmes mich nun. »Ich bin sicher, daß Mimi Sie mit Sehnsucht erwartet.«
Ich entgegnete, daß ich das umgekehrt von mir nicht behaupten könne und daß ich – obgleich ich für die Dame natürlich hohe Wertschätzung empfand – ein weiteres Treffen mit ihr nicht mit meiner Würde als englischer Gentleman vereinbar hielt.
»Ach, kommen Sie, Watson, die Tatsache, daß sie aus Litauen

stammt und nicht aus Schweden, wie sie in ihrer Werbung angibt, sollte Sie doch nicht stören. Doch genug dieser Hänselei, seien Sie ein guter Junge und kommen Sie schon!«

Wir waren bestimmt ein sehr ungewöhnliches Paar, wie wir uns so auf den Weg zur Lindenstraße machten. Als wir das Haus betraten, in dem Mimi ihr Gewerbe betrieb, bedeutete mir Holmes vorauszugehen. Also stieg ich die Treppe zum dritten Stock hoch und klopfte gerade an der Tür der jungen Dame, als ich hörte, wie Holmes unten die Haustür schloß.

Mimi begrüßte mich überschwenglich. »O mein kühner Engländer!« rief sie schrill. »Sie sind zu mir zurückgekommen! Und wo ist Ihr Freund, der so großzügig ist mit seinem Geld, daß ich mir den Abend freinehmen konnte?«

Ich fragte sie, was sie denn üblicherweise am Abend tat, doch als Antwort puffte sie mich nur schelmisch in die Rippen, bei ihrer Kraft hinterließ das allerdings einige schmerzhafte blaue Flecken. Als Holmes dann ebenfalls durch die Tür trat, schrie Mimi erschrocken auf und rannte vom Eingang fort. Sowohl Holmes wie mich kostete es Mühe, sie zu beruhigen, und wir mußten ihr immer wieder beteuern, daß er nicht dem hiesigen Sicherheitsdienst angehörte.

Als Mimi sich wieder gefaßt hatte, verabschiedeten wir uns von ihr, traten ohne weitere Erklärung hinaus auf ihren Balkon und zogen uns von dort auf das glücklicherweise sehr breite Kranzgesims. Holmes, der das Terrain bereits am Vormittag erkundet hatte, tastete sich voraus, und ich folgte ihm vorsichtig und, wie ich gestehen muß, nicht ganz ohne Zittern. So gelangten wir zur Vorderfront und waren von der Straße aus deutlich zu sehen, wie ich feststellte, als ich auf die Passanten hinunterblickte. Das Haus war von typisch norddeutscher Bauweise und hatte ein sehr steiles Satteldach. Die Dachziegel hochzuklettern hätten wir kaum geschafft, so war der vorragende, treppenförmige Backsteingiebel die einzige Möglichkeit, das Hindernis zu überwinden. Als wir seine Spitze erreichten, mußten wir vorsichtig die andere Seite wieder hinuntersteigen, und dieser Vorgang wiederholte sich viermal, ehe Holmes mir zuflüsterte, daß das nächste Haus das von Graf Albert war.

Ich bin kein Bergsteiger und war froh, daß wir wenigstens diesen Teil unserer Expedition hinter uns hatten, doch ich sah immer noch nicht, wie wir in das gräfliche Domizil gelangen sollten. Holmes jedoch zögerte nicht einen Moment und stieg die Dachrinne zwischen den beiden Giebeln entlang zu einem Mansardenfenster, das er mit einem Griff öffnete. Er flüsterte mir zu, daß er am Vormittag viel länger gebraucht hatte, es aufzubekommen. Es war das Fenster einer Dienstbotenkammer, und als wir hinuntersprangen, landeten wir in dem gemachten Bett. Ehe wir die Kammer verließen, öffnete Holmes das Fenster so weit es ging, damit wir möglichst rasch hinauskamen, falls man uns unten als unwillkommene Besucher entlarvte und wir gezwungen sein sollten, Hals über Kopf zu fliehen.

Die Tür führte auf einen Gang mit grobgewebtem, braunem Wolläufer. Wir schlichen zum Kopf der Treppe an seinem Ende. Die vereinzelten Gaslampen waren heruntergedreht und warfen zuckende Schatten, die mich mehrmals veranlaßten, mit der Hand um meinen Dienstrevolver, abrupt stehenzubleiben.

Holmes stieg die Treppe vor mir hinunter. Es waren neunzehn Stufen, einschließlich eines Absatzes, auf dem sich unsere Richtung um hundertachtzig Grad änderte. Unten angelangt, fanden wir uns auf einem anderen Gang, dessen dicker Läufer handgeknüpft war; ganz offensichtlich hatten wir den Hauptteil des Hauses erreicht, nur war er auch bedeutend besser beleuchtet, weshalb ich befürchtete, daß wir leicht entdeckt werden konnten.

Ich war verblüfft, als Holmes seinen Säbel zückte und ihn mir vorsichtig und mit einem flüchtigen »Tut mir leid, alter Freund« ins Kreuz drückte, um mich den Korridor entlang zu treiben.

Wir waren keine zwei Meter gekommen, als eine Tür aufschwang und ein Offizier heraustrat, der erstaunt stehenblieb und uns anstarrte, als Holmes und ich auf gleicher Höhe mit ihm waren.
»Ruhe bewahren!« bellte ihn Holmes an. »Ich habe einen erwischt und nehme an, daß auch die restlichen Eindringlinge in Kürze gefaßt werden.«
»Eindringlinge?« keuchte der Offizier. »Was für Eindringlinge?«
»Haben Sie es denn nicht gehört?« Holmes stupste mich grob mit dem Säbel. »Etwa fünf oder sechs Leute irren durchs Haus. Dieser Dummkopf behauptet, es seien englische Touristen, aber wie sie hereingelangt sind, weiß niemand. Ich bringe diesen Burschen zur Befragung, allerdings scheint er nicht sehr hell im Kopf zu sein. Die anderen sah ich dort hinuntergehen.« Er deutete zu der breiten Treppe, die vermutlich in die Halle führte.
Der Offizier nahm sich keine Zeit für weitere Worte, sondern stürmte die Treppe hinunter, dabei rief er stimmgewaltig die Wachen zu sich.
»Damit dürfte es eine Weile im Parterre drunter und drüber gehen«, stellte Holmes befriedigt fest. »Ich bedauere Ihre plötzliche Verhaftung, Watson, aber ich sah, daß sich die Türklinke bewegte und wir keine Zeit mehr hatten, uns irgendwo zu verstecken. Sie machten Ihre Sache unter diesen Umständen sehr gut.«
Ich brummelte etwas von der Erniedrigung einer Festnahme, aber insgeheim wußte ich natürlich, daß Holmes gar keine andere Wahl gehabt hatte, als mir diese würdelose Rolle aufzudrängen.
»Wir können uns die Räume dieses Stockwerks in aller Ruhe ansehen«, fuhr Holmes fort. »Es hält sich offenbar niemand mehr hier auf, denn sonst hätten sich bei dem Lärm, den dieser Kerl machte, bestimmt fragende Köpfe aus den Türen gestreckt.«
So schauten wir durch jede Tür auf diesem Korridor, der sich anscheinend über die ganze Länge des Hauses dahinzog. Hinter

zwei Türen befanden sich Badezimmer, hinter einer eine Wäschekammer, und gleich daneben offenbar das Büro des Verwalters. Alle anderen Räumlichkeiten waren Schlafzimmer, mehr oder weniger luxuriös ausgestattet. Einige waren sichtlich schon eine längere Weile nicht mehr benutzt worden und die, die bewohnt waren, glücklicherweise momentan leer. In einem hing eine Uniform, wie die von Holmes, am Fußende eines Bettes. Rasch stieß Holmes mich in dieses Zimmer und drängte mich, meine dezente englische Kleidung auszuziehen und mich in diese schreiende, kontinentale Aufmachung zu zwängen.

»Leeren Sie bitte Ihre Taschen, Watson«, wies mich Holmes an. »Wir werden bedauerlicherweise Ihre gute Sportjacke opfern müssen, aber wir wollen keine unnötigen Hinweise für die deutsche Polizei zurücklassen.«

In wenigen Minuten steckte ich in der Uniform, die mich zwang, den Bauch einzuziehen, während meine Arme ein wenig zu kurz für die Ärmel waren. Kaum daß Holmes mir Zeit ließ, die Goldschnüre über der Brust zurechtzustreichen und mich im Spiegel zu begutachten, ehe er mich wieder auf den Korridor schob.

Aber zumindest war mir ein kurzer Blick in den Spiegel vergönnt gewesen: auf John H. Watson, der nun wieder Offizier war. Doch hatte ich während meiner Militärzeit nie eine weinrote Uniformjacke getragen, die mit Goldzier nur so prangte, auch keine schwarze Reithose mit breiten gelben Streifen an der Außennaht, selbst meine Stiefel waren von anderer Machart gewesen. Flüchtig fragte ich mich, welchen Heldentaten ich die zahllosen Orden an meiner neuen Uniform wohl verdankte.

Es gab nur noch fünf weitere Zimmer auf diesem Korridor, und wir stellten rasch fest, daß sich im ersten Stockwerk niemand aufhielt, außer einer Büglerin, die in der Wäschekammer am hintersten Ende des Hauses trällernd Linnen plättete und nur flüchtig von ihrer Arbeit aufsah, als ich die Tür öffnete. Wir

störten sie nicht weiter und kehrten zur Haupttreppe zurück, die der echte Offizier hinuntergestürmt war.
Drunten ging es laut zu, und ich bemerkte zu Holmes, daß in ein Wespennest zu stechen, wie er es getan hatte, sich jetzt gar nicht als so günstig für die weitere Ausführung unserer Mission erwies.
»Im Gegenteil, Watson«, versicherte mir der große Detektiv. »Wenn alle aufgeregt herumlaufen, kommen sie gar nicht auf den Gedanken, zwei angebliche Offiziere aufzuhalten, auch wenn ihnen ihre Gesichter nicht bekannt sind, weil sie sie automatisch nicht als Unbefugte registrieren. Doch wir wollen unser Glück nicht zu sehr herausfordern. Ich schlage vor, wir gehen die Treppe hinunter und suchen so rasch wie möglich den Weg in den Keller.«
Das war nicht schwierig, denn in der Haupthalle befanden sich nur vier Türen. Die schwere Flügeltür gegenüber der Treppe führte zweifellos auf die Straße, und zwei weitere imposante Flügeltüren zu beiden Seiten gestatteten gewiß Zugang zu größeren Räumlichkeiten. Doch unmittelbar links von der Treppe zweigte ein schmaler, kurzer Gang ab, der an einer schmäleren, grünen Tür endete.
Holmes und ich stiegen in hoheitsvoller Haltung die Stufen hinunter, dabei kam ich mir vor wie ein Operettenheld, der, unten angekommen, zu schmettern beginnen müßte. Ein Lakai stand an der Eingangstür und bedachte uns lediglich mit einem flüchtigen, gleichmütigen Blick.
»Ah«, wandte sich Holmes an ihn, als wir unten waren, »haben Sie irgendwelche dieser Eindringlinge gesehen, um die so ein Geschrei gemacht wird?«
»Nein, Euer Gnaden«, antwortete der Mann. »Kein Unbefugter ist hier vorbeigekommen. General Wolf führt den Suchtrupp an und durchsucht gerade den Küchenflügel.« Er blickte auf die grüne Tür. »Seine Hoheit befindet sich im großen Salon in Konferenz, und die Stabsoffiziere warten im kleinen Salon, daß

sie gerufen werden. Sie sehen also, daß sich keine Fremden in diesem Teil des Hauses aufhalten.«

»Wir haben auch oben keine Unbefugten gefunden«, sagte Holmes, »deshalb werden wir uns jetzt Herrn General Wolf anschließen.«

Er trat mir voraus durch die grüne Tür. Dahinter war es bedeutend dunkler, und wir blieben stehen, bis sich unsere Augen angepaßt hatten. Vor uns befand sich ein etwa drei Meter langer Gang mit einer Tür am Ende; was für uns jedoch viel interessanter war, er hatte auch links und rechts eine Tür.

»Eine dieser beiden«, flüsterte mir Holmes zu, »muß die Kellertür sein. Aber ich frage mich, wohin die andere führt.«

Ich riß die Tür zu meiner Linken auf – und wäre fast eine Steintreppe in das dunkle Nichts gestürzt.

»Ah, Sie haben die Kellertreppe gefunden, Watson!« stellte Holmes fest. »Gut gemacht! Es sieht dort unten allerdings nicht sehr einladend aus. Vielleicht sehen wir erst einmal hier nach.«

Mit diesen Worten öffnete Holmes vorsichtig die Tür rechts, hinter der eine Treppe mit dickem Läufer nach oben führte.

»Seltsam«, murmelte Holmes, stieg jedoch ohne Zögern die Stufen hoch, allerdings auf Zehenspitzen.

Ich folgte ihm, da drehte er sich um und preßte den Finger auf die Lippen. Am oberen Treppenabsatz, den er erreicht hatte, befand sich ebenfalls eine Tür, und er drückte unendlich vorsichtig und langsam auf die Klinke. Die Tür öffnete sich nach außen, so sah ich mich gezwungen, auf die Stufen auszuweichen, während Holmes hindurchglitt. Als ich ihm folgen konnte, kauerte er hinter einer Brüstung. Wir waren auf den kleinen Innenbalkon gelangt, von dem oder vielmehr ähnlichen aus früher Minnesänger die Hofgesellschaft unterhalten hatten.

»Der Lakai sagte, daß sich Graf Albert in einer Konferenz befindet«, hauchte Holmes mir zu. »Also ganz still!«

Ich drückte mich an die Brüstung und spähte nach einer Weile mit allergrößter Vorsicht darüber hinunter. In dem Saal unter uns saßen neun Männer um einen großen Tisch, fünf davon in Uniform, die anderen im Abendanzug. Alle beugten sich über eine Karte, bei meinem flüchtigen Blick vermochte ich jedoch nicht zu erkennen, was es für eine war.

Ich hörte auch Stimmen, doch so gut war mein Deutsch bedauerlicherweise nicht, daß ich einzelne Worte hätte verstehen können. So hauchte nun ich meinerseits Holmes die Frage zu, worum es unten ging, doch wieder drückte er den Finger auf den Mund, während er offensichtlich angespannt lauschte.

Da ich befürchtete, ich könnte ungewollt husten oder niesen, zog ich mich auf den Treppenabsatz zurück, ließ jedoch die Tür einen Spalt offen, um zu Holmes hinaussehen zu können. Meine Bestürzung war groß, als er sich nach etwa zehn Minuten plötzlich erhob, über die Balustrade lehnte und hinunterrief: »Vielleicht kann ich Ihnen behilflich sein, Gentlemen.«

Aus den Ausrufen unten zu schließen, waren Graf Albert und die anderen Anwesenden nicht weniger erstaunt als ich.

»Ich bin in wenigen Sekunden bei Ihnen, meine Herren«, sagte Holmes noch, dann trat er zu mir heraus.

»Der Graf beabsichtigt für morgen um elf Uhr einen feierlichen Marsch zum Schloß«, erklärte mir Holmes rasch, »um die Regentschaft zu übernehmen.«

»Wir müssen ihn aufhalten!« rief ich.

»Nein, Watson, Sie haben es falsch verstanden! Er will nicht den Herzogsthron, sondern die Regentschaft. Der Graf weiß nicht, wo Maria ist, und hat vor, einstweilen für sie die Amtsgeschäfte zu übernehmen.«

Während ich Holmes die Stufen hinunter folgte, bestürmte ich ihn mit weiteren Fragen.

»Wo ist denn dann unser vermißtes Kindermädchen?«

»Das weiß ich nicht, und wenn Albert nicht ein sehr merkwürdiges Spiel treibt, weiß er es auch nicht«, antwortete Holmes

über die Schulter. »Der Ministerpräsident des Herzogtums hat den Grafen soeben überredet, die Regierungsgewalt zu übernehmen – er befürchtet Einmischung von außerhalb, falls der Strackenzer Thron nicht bestiegen wird.«
Inzwischen waren wir wieder in der Eingangshalle angelangt, wo noch derselbe Lakai an der Tür stand. Holmes schritt vom Dienstboteneingang zur Tür des Saales, in den wir von oben geblickt hatten. Als wir bereits dabei waren, sie von innen zu schließen, rief der Lakai: »Da dürfen Sie nicht hinein ...« Doch das kam schon zu spät.

Und wer zum Teufel sind Sie?« fragte der uniformierte Herr am Kopf des Tisches, als wir im Saal angelangt waren.

»Verzeihen Sie unser ungewöhnliches Eindringen«, bat der Detektiv. »Ich bin Sherlock Holmes, und dies ist mein Freund Dr. Watson.«

»Wir hörten von Ihnen, Mr. Holmes«, sagte der Herr, von dem ich annahm, es sei Graf Albert von Jötun. »Die Einwanderungsbehörde meldete mir, daß Sie unser Land besuchen. Ich bemühte mich, mit Ihnen in Verbindung zu treten – ohne Erfolg.«

»Tut mir leid, daß ich Ihrer Einladung nicht Folge leistete«, antwortete Holmes mit betont übertriebener Untertänigkeit, »aber mir gefielen die Umstände nicht, unter denen sie übermittelt werden sollte.«

»Ich fürchte, Beamte gehen in ihrem Übereifer manchmal zu weit. Ich muß mich bei Ihnen entschuldigen.« Der Graf blickte mich an und schlug sich die Hand auf die Stirn. »Und Sie, mein Herr, müssen der Dr. Watson sein, den meine Beamten mit Mr. Holmes verwechselten. Ich hoffe, Ihre jetzige Unterbringung ist komfortabler als jene, die Ihnen ohne mein Wissen in Jötunsschlucht zuteil wurde?«

Ich bedankte mich bei dem Grafen für seine Großzügigkeit.

»Nun, da Sie hier sind, Mr. Holmes, und natürlich auch Sie, Herr Dr. Watson, möchte ich Sie bitten, uns zu helfen.«

»Auf welche Weise?« erkundigte sich Holmes vorsichtig.

»Ich weiß nicht, wieviel Sie vom Balkon aus von unserem Gespräch mithörten, Mr. Holmes, aber vermutlich wissen Sie nicht, daß sich dieses Land in einer Verfassungskrise befindet. Unser Herzog, mein älterer Bruder, verschied gestern, und wir alle erwarteten, daß seine Tochter Maria automatisch hervortreten und den Thron besteigen würde. Doch sie wurde bereits seit einiger Zeit nicht mehr gesehen, und nun hat es den Anschein, als wäre sie verschwunden.«

»Können Sie denn den Thron nicht übernehmen?« fragte Holmes.

»Nein«, erwiderte der Graf. »Ich glaube, daß ich allein vom Wesen her keinen sehr guten Herrscher abgeben würde. Ich ziehe das unabhängige Leben vor, das ich immer führte. Die Repräsentationspflichten und Strapazen der Regierungsgeschäfte sind nichts für mich. Doch selbst wenn ich den Thron besteigen wollte, dürfte ich es nicht, da die Verfassung unseres Herzogtums vorsieht, daß Anwärter auf den Thron das Recht auf ihn verlieren, wenn sie im Alter von fünfunddreißig Jahren noch unvermählt sind. Ich glaube, dieses Gesetz geht auf eine unglückliche Thronfolge im sechzehnten Jahrhundert zurück, doch darauf brauchen wir jetzt nicht einzugehen.«

Einer der Zivilisten am Tisch, ein älterer Herr mit vollem weißem Haar, warf ein: »Herzog Sigmund III. war der Anlaß, Mr. Holmes. Er bestieg den Thron mit vierzig Jahren und hätte das Herzogtum mit seinen Liebschaften fast in den Bankrott gestürzt, ohne ihm jedoch einen Erben zu schenken. Er war der letzte seiner Dynastie, und der neue Herzog ...«

»Ja, ja.« Der Graf winkte etwas gereizt ab. »Dürften wir den Geschichtsunterricht auf ein andermal verschieben, Herr Kranach?« Er wandte sich wieder an Holmes. »Herr Kranach ist der Schlüsselbewahrer, ein zeremonielles Amt, das verlangt, daß er in der Geschichte unseres Landes gut bewandert ist. Er nimmt diese Pflicht sehr ernst.«

»In welcher Angelegenheit wollten Sie mit mir sprechen, Hoheit, als Dr. Watson versehentlich an meiner Statt inhaftiert wurde?«

»Nur Ihres Rufes wegen, Mr. Holmes«, antwortete der Graf. »Wir wußten, daß der Herzog nicht mehr lange zu leben hatte, und ebenso wußten wir, daß seine Tochter bereits geraume Weile nicht mehr gesehen worden war. Wir hielten es für einen sehr glücklichen Umstand, daß Sie gerade unser Land bereisten, und beschlossen, Sie zu bitten, uns zu helfen.«

»Dann war Ihnen nicht bekannt, daß wir eben wegen Maria von Bölow hierhergekommen sind?« fragte Holmes.

Seine Worte versetzten die Münder rund um den Tisch in lautstarke Aufregung, und Albert mußte auf den Tisch schlagen, um sich Gehör zu verschaffen.

»Vielleicht wären Sie so liebenswürdig, uns alles zu erzählen?« bat er.

Holmes lächelte. »O nein, ich bin nicht der beste Erzähler. Sie wissen es vielleicht nicht, aber Dr. Watson ist mein Biograph, er kann Ihnen die Ereignisse viel besser schildern, die uns in dieser ungewohnten Aufmachung hierherführten.«

Der Graf nickte mir auffordernd zu und bat uns, auf den freien Stühlen am Tischende Platz zu nehmen.

Ich brauchte ein paar Augenblicke, um meine Gedanken zu sammeln, dann erzählte ich den Anwesenden von meinem Nickerchen in der Anlage am Berkeley Square, von dem Baby, seinem Kindermädchen, der Entführung eines Kindermädchens aus der Nachbarschaft und schließlich von unserer Verfolgung der Entführer und ihres Opfers.

Ich beendete meine Erzählung, indem ich gestand, daß ich mir aus einem Zimmer im oberen Stockwerk die Uniform ausgeliehen hatte, die ich noch trug. Dabei wurde mir erst richtig bewußt, daß ein sichtlich cholerischer Herr mit gepflegten Koteletten mich schon eine ganze Weile sehr merkwürdig gemustert hatte. Sicherlich war er der rechtmäßige Besitzer dieser Uniform.

»Sehr interessant«, sagte der Graf. »Aber Sie haben sich einem schwerwiegenden Fehler hingegeben. Ich habe absolut nichts mit Marias Entführung zu tun und nicht die geringste Ahnung, wo sie sich befinden könnte. Das versichere ich Ihnen mit meinem Ehrenwort.«

»Haben Sie auch keine Vermutung, wer ein Interesse daran gehabt haben könnte, sie entführen zu lassen?« fragte nun wieder Holmes.

»Es gibt viele, die unserem kleinen Land nicht gewogen sind«, entgegnete der Graf nachdenklich, und die Herren um den Tisch murmelten bestätigend. »Die preußische Regierung wünscht sich nichts mehr, als daß wir unser Thronrecht abschaffen, damit sich die Gelegenheit für sie ergebe, unser Land zu annektieren. Wahrscheinlicher ist jedoch, daß der Markgraf von Hannenburg, ein entfernter Vetter unseres seligen Herzogs, Maria in seine Gewalt gebracht hat, damit er seinen Anspruch auf unser Herzogtum durchsetzen kann. Er ist nicht nur durch Geburt Thronanwärter und jetzt der einzige von Bölow männlichen Geschlechts, sondern ist auch nicht so nahe blutsverwandt, daß es bei einer Heirat mit Maria Bedenken gäbe.«

Ich sah mich veranlaßt zu fragen, wo sich diese Markgrafschaft befinde, und war etwas peinlich berührt, als ich die Antwort erhielt: »Hannenburg«. Ich blieb beharrlich und erkundigte mich, wo Hannenburg liege, daraufhin erfuhr ich, daß es in der Nähe von Lübeck an der Ostsee sei.

»Hat es Bahnverbindung mit Hamburg?« warf nun Holmes ein.

Nachdem das bejaht war, verzog Holmes verärgert das Gesicht. Als wir dem Mädchen und seinen Entführern von Hamburg nach Strackenz »folgten«, waren wir in Wirklichkeit einem Hirngespinst nachgejagt. Holmes gestand mir später, daß dieses Versehen ausschließlich seine Schuld gewesen war, weil er keine Gepäckträger danach befragt hatte, welchen Zug die Gesuchten bestiegen hätten. Ich beruhigte ihn damit, daß es logisch gewesen war, anzunehmen, Maria wäre nach Strackenz gebracht worden, und daß seine Deduktionen richtig gewesen waren – obwohl sie nicht gestimmt hatten.

Das Gespräch beschäftigte sich nun damit, was zu tun war. Was im Fall Maria in den nächsten Tagen getan werden konnte, nutzte der aufgeregten Gruppe am Tisch momentan weniger als das, was am kommenden Vormittag getan werden mußte. Man einigte sich schließlich darauf, daß Albert morgen vormittag feierlich auf dem Hauptplatz einziehen und, wie die Tradition es erforderte, fünfmal an die Domtür klopfen sollte. Sie würde ihm aufgetan werden, er sollte jedoch nicht eintreten, sondern über den Platz schreiten und fünfmal am Schloßtor klopfen. Auch das würde ihm geöffnet werden, aber er würde hier ebensowenig hindurch treten, sondern sich der Menge auf dem Platz zuwenden und bekanntgeben, daß Maria die neue Herzogin sei, er jedoch bis zu ihrem einundzwanzigsten Geburtstag die Regentschaft für sie übernehme. Sie würde dann selbst zu ihrem Volk sprechen.

Dieser Schritt gab uns ein paar Wochen Zeit, da ihr Geburtstag, wie ich mich vage erinnerte, Anfang Oktober war und wir jetzt Ende August hatten.

»Wird die Bevölkerung denn nicht erwarten, daß die neue Herzogin sich öffentlich zeigt?«

»Sie mag es erwarten, aber dann wird sie eben enttäuscht werden«, erwiderte einer der hohen Herren.

»Wir Deutschen«, sagte der Graf und spreizte die Hände in einer versöhnlichen Geste, »sind Gewohnheitstiere. Wenn wir behaupten, das Protokoll verlangt, daß sich Maria nicht vor dem 7. Oktober öffentlich zeigt, wird niemand darauf beharren. Was allerdings geschehen wird, wenn sie bis dahin immer noch nicht hier ist, weiß ich nicht. Aber es bleiben uns fünfeinhalb Wochen, das Problem zu lösen.«

»Wenn Sie auf unsere Hilfe Wert legen«, sagte Holmes nun, »bleibt uns nicht einmal ganz eine Woche, da Dr. Watson am Mittwoch vormittag einen Termin in London hat, den er nicht versäumen darf. Und ich darf meine Praxis auch nicht länger vernachlässigen.«

Es ist typisch für Holmes, daß er sich an den Termin des Wissenschaftlers aus Panama erinnerte, den ich, wie ich gestehen muß, bereits völlig vergessen hatte. Doch dadurch gab Holmes uns lediglich vier Tage, Maria von Bölow ins Schloß von Strackenz zu bringen.

Nunmehr wurde über die Strategie debattiert. Das Problem war, daß jeder Anwesende, von Holmes und mir abgesehen, morgen unbedingt an der Zeremonie teilnehmen mußte, da sie alle hohe Regierungsmitglieder waren und die Abwesenheit auch nur eines von ihnen zu unerwünschten Vermutungen führen würde.

Die Mehrheit der Herren um den Tisch war nun überzeugt, daß sich Maria in den Händen des Markgrafen befand, der sie wahrscheinlich in seinem Schloß nahe der Stadt Hannenburg festhielt. Über seine vermutlichen Absichten wollte sich niemand auslassen, aber keiner machte ein Hehl daraus, daß sie nichts Gutes für das Mädchen im besonderen und das Herzogtum Strackenz im allgemeinen bedeuten konnten, und je schneller Maria ihrem Volk zurückgegeben werden konnte, desto besser.

Der Graf wandte sich an Holmes und fragte ihn, wie er vorzugehen beabsichtigte, um Maria aus Hannenburg herauszubringen.

»Sie gehen von der Annahme aus, daß die zukünftige Herzogin sich tatsächlich in Hannenburg aufhält. Wenn sich diese Annahme nicht bestätigt, vergeuden Dr. Watson und ich unsere Zeit mit der Reise dorthin. Aber auch ich kann mir nicht vorstellen, wohin man die junge Dame sonst hätte bringen können. Also sind die Aussichten, sie dort zu finden, groß. Wir werden deshalb nach Hannenburg fahren, wo ich ganz einfach an die Eingangstür klopfe und um eine Audienz beim Markgrafen ersuche. Je nachdem, wie er uns empfängt, werde ich ihn auffordern, die Herzogin unserem Schutz anzuvertrauen – dann sehen wir weiter ...«

Hannenburg

Am nächsten Vormittag kamen wir gegen elf Uhr in der Stadt Hannenburg an, nachdem wir in Hamburg nur drei Minuten zum Umsteigen gehabt hatten.

Wir reisten allein, da Holmes darauf hingewiesen hatte, daß zwei Engländer in Norddeutschland schon auffällig genug waren, auch ohne eine Eskorte junger Offiziere, die uns Graf Albert hatte mitgeben wollen. Wir trugen natürlich wieder unsere eigene Kleidung und hatten beide lediglich eine Reisetasche mit unseren Toilettenartikeln und einem Hemd zum Wechseln mitgenommen.

Wir ließen die Taschen in der Gepäckaufbewahrung und traten hinaus auf den Bahnhofsvorplatz. Der Graf hatte uns zuvorkommend eine Karte der Stadt und Umgebung und einen Fahrplan der öffentlichen Verkehrsmittel herausgesucht. Mit Hilfe des Fahrplans konnten wir eine Pferdebahn nehmen, die uns nach häufigem Halten in den Vororten zum Tor von Schloß Hannenburg brachte.

Es war ein imposantes Tor und offenbar unbewacht. Doch wie Holmes bemerkte, hatte das nichts zu bedeuten: Falls das Tor üblicherweise nicht bewacht wurde, würde es nur zu Überlegungen Anlaß geben, wenn mit einemmal Wachen davor stünden.

Wir marschierten die Kieseinfahrt hoch und traten nach etwa vierhundert Metern aus dem Schatten eines Tannenwalds und sahen auf einer Insel in einem ziemlich großen See ein Schloß mit vielen Türmchen. Zu dieser Insel gelangte man über eine Brücke, ähnlich jenen, wie ich sie über einigen Grachten in Holland gesehen hatte. Wir überquerten sie und folgten dem Weg noch ungefähr zwanzig Meter, bis wir vor dem beschlagenen Holztor des Schlosses standen.

An der Seite hing ein Klingelzug, an dem Holmes seine Kraft bewies. Das Bimmeln war laut zu hören. Nach einer kurzen Weile öffnete sich eine schmale Tür im breiten Haupttor, und ein Lakai in grüner Livree erkundigte sich nach unserem Begehr.
»Dürfte ich mit dem Markgrafen sprechen?« bat Holmes.
Der Mann verstand ganz offensichtlich kein Englisch, aber er bedeutete uns höflich zu warten, und daß er jemanden holen würde. Dann schloß er die Tür wieder hinter sich.
Wir standen etwa zehn Minuten müßig herum, bis sich die Tür wieder öffnete und uns diesmal ein älterer Mann, ebenfalls in grüner Livree, auf englisch fragte, was wir wollten.
Holmes wiederholte seine Bitte, und der Mann antwortete: »Ich weiß nicht, ob Seine Gnaden für unangemeldeten Besuch zu sprechen ist, aber ich werde mich erkundigen. Wenn die Herren bitte in der Vorhalle warten würden?«
Er führte uns in einen großen, düsteren Raum, in dem Ohrensessel zum Sitzen einluden. Zwischen diesen Sesselgruppen befanden sich sieben Türen, die sich in nichts voneinander unterschieden. Die Mitte dieser Vorhalle wärmte ein großer runder Teppich, ein Buchara, wenn ich mich nicht täuschte.
Sowohl Holmes wie ich reichten dem Mann unsere Visitenkarten, die er genau studierte, ehe er uns Platz anbot und durch die Tür gleich hinter unseren Sesseln verschwand.
»Diese Sessel sind sehr bequem«, bemerkte ich. »Offenbar sind sie so konstruiert, daß sie Besucher vor diesem schrecklichen Zug schützen.« Der, während ich sprach, um meine Fußgelenke pfiff.
Überrascht sah ich, daß Holmes Hut und Mantel abnahm. Fast hoffte ich, er würde sie mir geben, denn in dieser Halle war es wie in einem Eisschrank, doch statt dessen drapierte er den Mantel in den Sessel, steckte seinen Stock hinein und stülpte darauf den Hut. Dann drehte er den Sessel ein wenig der Wand zu.

»Das müßte jemanden täuschen, der die Halle durchquert«, meinte er, »vor allem, wenn es Ihnen nichts ausmacht, sich mit meinen Kleidungsstücken zu unterhalten, Watson.«
»Was haben Sie vor?« fragte ich ihn.
»Eine kleine Erkundung vornehmen. Da wir schon so mühelos in die Höhle des Drachen vorgedrungen sind, wäre es doch unverzeihlich, wenn wir diesen Vorteil nicht nutzten.«
Es schien mir nicht ganz anständig zu sein, aber ich bin Holmes' unkonventionelles Benehmen gewöhnt. Ehe ich meine Mißbilligung noch äußern konnte, war Holmes bereits durch eine Tür geschlüpft und hatte mich allein zurückgelassen.
Ich saß gute zehn Minuten, während derer sich meine Füße allmählich immer mehr wie von den Beinen abgeschnitten anfühlten. Um die Blutzirkulation wieder anzuregen, stand ich auf, stampfte mit den Füßen und überquerte den Teppich, um das einzige Bild in diesem Raum zu betrachten. Es stellte einen arrogant aussehenden Mann in schwarzem Küraß dar, mit gezückter Klinge in einer und einer roten Rose in der anderen Hand. Er mußte ein früherer Bewohner des Schlosses gewesen sein, wie ich annahm, da dieses im Bildhintergrund zu erkennen war.
Ich hatte dieses Gemälde bereits mehrere Minuten betrachtet und mich dabei rhythmisch auf den Fußballen gewiegt, damit das Blut wieder durch Zehen und Knöchel zirkulieren könnte, als der grünlivrierte ältere Mann zurückkam, dem wir unsere Visitenkarten gegeben hatten.
Er trat zu mir und sagte: »Seine Gnaden der Markgraf bedauert, daß er sich nicht das Vergnügen nehmen kann, Sie und Ihren Freund zu empfangen.« Er blickte zu Holmes' Hut hinüber, dessen Spitze über die Lehne des Ohrensessels herausragte. »Es tut mir leid, mein Herr.«
Ich befand mich nun in einer schwierigen Lage und beschloß, Zeit zu schinden.

»Dieses Porträt«, fragte ich, »stellt es einen der früheren Markgrafen dar?«
»Ja. Das ist Prinz Georg, der gegen Gustav Adolf kämpfte und in einem Gefecht bei Stralsund sein Leben gab.«
»Wie interessant«, sagte ich und überlegte verzweifelt, wie ich dieses Gespräch ausdehnen könnte. Glücklicherweise fand der Mann selbst eine Lösung des Problems.
»Entschuldigen Sie, mein Herr, aber sind Sie wirklich ein Doktor der Medizin?«
»Ja, natürlich, ich bin Arzt.«
Woraufhin er mit einem Thema begann, das schon vielen Ärzten eine ansonsten angenehme Einladung verdorben hat, wofür ich momentan jedoch dankbar war.
Er erzählte mir in allen Einzelheiten von seinen gesundheitlichen Beschwerden, wie sie angefangen hatten und was die gegenwärtigen Symptome waren. Ich war so mitfühlend, wie ich nur konnte, bedauerte jedoch, daß ich ihn unmöglich hier auf der Stelle untersuchen könne, und riet ihm, so rasch wie möglich den nächsten Arzt und Chirurgen aufzusuchen, denn nach allem, was er mir über seinen Gesundheitszustand erzählt hatte, konnte ich nur ableiten, daß er wahrscheinlich bereits tot war – er könnte natürlich ein wenig übertrieben haben.
All das beanspruchte weitere zehn Minuten, und ich drehte mich widerstrebend zu dem leeren Ohrensessel zurück, in dem Holmes eigentlich sitzen sollte, als mein Freund von zwei gewichtigen Dienstboten in die Vorhalle eskortiert wurde.
»Was hat das zu bedeuten?« rief der Livrierte, der meinen ärztlichen Rat gesucht hatte, und erhielt als Antwort einen gewaltigen Schwall Deutsch, von dem ich kaum ein Wort verstand. Dann drehte er sich wieder mir zu.
»Das war nicht schön«, sagte er, mehr betrübt denn verärgert. »Ihr Freund hat ungebeten unsere Küche aufgesucht. Mein

Herr«, wandte er sich nun an Holmes, »dürfte ich um eine Erklärung bitten!«
»Ich wollte mich nur ein wenig aufwärmen«, belog ihn Holmes. »Wirklich, mein Guter, diese Halle ist ungeeignet, Besucher warten zu lassen, während sie für Eisbären zweifellos ideal wäre. Ich entschuldige mich, wenn ich einige Ihrer Leute erschreckt haben sollte, aber ich hatte keine Wahl, wenn ich eine galoppierende Lungenentzündung vermeiden wollte, das versichere ich Ihnen.«
Ich glaube nicht, daß dieser Gegenangriff den Butler, oder wie man ihn hier nannte, überzeugte, bestimmt aber überforderte er seine Kenntnisse des Englischen. Er akzeptierte Holmes' Erklärung so würdevoll wie möglich, wiederholte dann jedoch energisch, daß der Markgraf uns nicht empfangen könne, händigte Holmes Mantel und Hut aus und öffnete die Eingangstür, zu der die beiden Küchenhelfer Holmes geleiteten.
Draußen marschierte Holmes den Weg entlang zur Brücke, überquerte sie und machte so lange Schritte, daß ich mich fast zum Laufen gezwungen sah. Als wir das Schloßtor hinter uns hatten, bog er auf die Straße nach Hannenburg ein und rief mir über die Schulter zu, daß es keinen Sinn habe, auf die städtische Pferdebahn zu warten.
Bis zum Bahnhof war es gewiß ein Marsch von mehr als drei Kilometern, und ehe wir ihn erreichten, fehlte es mir an Puste, Holmes zu fragen, was er bei seiner Expedition in die Küche des Schlosses entdeckt hatte.
Aber auch am Bahnhof hatte ich keine Gelegenheit, weil sich Holmes sogleich zur Gepäckaufbewahrung begab, unsere Taschen abholte und mit einer in jeder Hand aus dem Bahnhof und in Richtung Stadtmitte stapfte. Die Straße war sehr hübsch mit einer Lindenreihe als Mittelstreifen, nur kam ich kaum dazu, irgend etwas hier zu bewundern, weil Holmes wieder viel zu schnell dahinschritt. Nach etwa hundert Metern kamen wir zum

Hotel Harz, und ohne das Tempo zu verringern, bog Holmes zum Empfang ein.
Er verlangte zwei Einzelzimmer für eine Nacht, nahm die Schlüssel, gab dem Pagen in seiner Eile nicht einmal die Gelegenheit, ihm die Taschen abzunehmen, und rannte die Treppe hoch zum ersten Stock, wo er zuerst die Tür zu Zimmer 5, dann zu Zimmer 6 aufschloß.
»Treffen Sie die Wahl, Watson«, rief er mir zu. »Allerdings werden wir heute nacht kaum dazu kommen, uns hier aufzuhalten.«
Ich nahm Nummer 6 und ließ mich auf das Bett fallen.
»Ich muß schon sagen, Holmes«, keuchte ich, »Sie hetzen einen wirklich herum!«
»Tut mir leid, alter Junge«, entschuldigte er sich. »Aber ich habe vor Einbruch der Nacht noch viel zu erledigen.«
»Wieso?« fragte ich ihn.
»Die Gesuchte befindet sich im Schloß, und ich beabsichtige, sie noch vor dem Morgen zu befreien!«
»Woher wissen Sie, daß sie dort festgehalten wird?« wollte ich wissen.
»Die Tür, durch die ich ging, als ich Sie in der Vorhalle allein ließ, führte mich zur Küche. Sie war leer, und es gab nur noch eine andere Tür dort. Ich öffnete sie und sah, daß dahinter ein paar Stufen hochführten, höchstwahrscheinlich zu den Räumlichkeiten, in denen gespeist wird. Ich wollte gerade zur Halle zurückkehren und es durch eine andere Tür dort versuchen, als mir eine Reihe Sprechrohre an einer Wand auffielen. Versuchshalber blies ich in eines und hörte das Pfeifen am anderen Ende, doch niemand rührte sich dort. Ich versuchte das zweite Rohr und erhielt Antwort in gebildetem Deutsch von einem Mann. Ich ignorierte es und nahm mir das dritte Rohr vor, an seinem Ende schien sich ebenfalls niemand aufzuhalten. Erst als ich beim mittleren Rohr der Reihe angelangt war, erklang die Stimme

einer jungen Frau. Ich fragte, wer sie war, und sie sagte *Maria von Bölow*!

Dann fragte sie, wer ich sei, und ich erklärte ihr, daß ich gekommen sei, sie aus dem Schloß zu befreien. Sie erzählte mir, daß sie gegen ihren Willen hierher verschleppt worden sei und heim wolle zu ihrem Vater. Ich wollte ihr nicht gern direkt sagen, daß er nicht mehr lebte, so entgegnete ich, daß dies leider nicht mehr möglich wäre und sie nun Herzogin sei. Das schien sie sehr mitzunehmen, und ich bekam kein klares Wort mehr aus ihr heraus, nicht einmal, als ich sie fragte, in welchem Zimmer sie festgehalten wird. Da gab ich die Sprechrohre auf, und während ich überlegte, was ich als nächstes tun könne, kamen drei Küchenhelfer aus dem Eßsaal herbei.

Sie wollten handgreiflich werden, weil ihnen meine Anwesenheit nicht gefiel. Es gelang mir, einen zu Boden zu schicken, ehe die beiden anderen mich überwältigten und zur Halle zurückführten. Den Rest wissen Sie ja.«

Verständlicherweise interessierte mich auch, was wir als nächstes unternehmen würden.

Holmes entgegnete nur, ich solle es mir eine Stunde bequem machen. »Versuchen Sie, ein Weilchen zu schlafen, lieber Freund«, riet er mir. »Wir werden wohl keine geruhsame Nacht vor uns haben. Ich muß noch kurz weg, um Hilfe zu organisieren. Seien Sie bereit, um sechs Uhr zu Abend zu essen.«

Pünktlich um sechs weckte Holmes mich aus tiefem Schlaf und sagte, daß alles für die Nacht vorbereitet sei.

Wir speisten in einem kleinen Restaurant in der Innenstadt, und ich fand vor allem das Schnitzel in Rahmsoße mit vielen Champignons köstlich. Ehe wir nicht mit dem Essen fertig waren, ließ Holmes keine Fragen über unsere weiteren Schritte zu, doch als wir noch bei einer Tasse Kaffee und einem Verdauungskognak saßen, fragte er: »Sie können doch schwimmen, Watson?«

Ich habe zwar nie versucht, den Kanal zu durchqueren, aber ich bin ein leidlicher Schwimmer, was ich Holmes auch sagte.
»Gut. Diese Fähigkeit werden wir später – unter anderen – brauchen.«
Mehr wollte er zu meinem Ärger nicht sagen.
Um acht Uhr begann es dunkel zu werden, und Holmes meinte, es wäre Zeit aufzubrechen. Wir kehrten zur Hauptstraße und schließlich zum Schloßtor zurück.
Diesmal ging Holmes nicht offen vor. Wir verließen die Straße und hielten uns an die Mauer, die die Schloßanlagen umgab. Wir hatten uns etwa zwanzig Minuten durch eine Wildnis aus Farnen und Dornbüschen gekämpft, als wir zu einem weitausladenden Baum mit über die Mauer hängenden Ästen kamen. Holmes kletterte an ihm hoch und auf einen dicken Ast hinaus und sprang federnd ins Gras. Ich folgte ihm, landete jedoch ein wenig ungeschickt.
Holmes wartete geduldig, bis ich wieder zu Atem gekommen war, dann gingen wir weiter zum Schloß. Wir kamen recht rasch durch ein neu aufgeforstetes Wäldchen, wo die Bäume noch keine drei Meter hoch waren und das etwa fünfzig Meter vor dem Seeufer endete. Von hier ab schlich Holmes wie ein jagender Tiger und bedeutete mir, das gleiche zu tun.
»Es bleibt uns nichts anderes übrig, mein Freund«, sagte er, nachdem er ein paar Minuten in die Dunkelheit gespäht hatte, »wir müssen schwimmen.« Er kroch in das Wäldchen zurück und zog sich bis auf die Haut aus. Seine Sachen faltete er ordentlich und legte sie in eine Segeltuchtasche, die er am Nachmittag erstanden haben mußte. Dann wartete er ungeduldig, bis ich mich auszog, und riß mir jedes einzelne Kleidungsstück fast aus der Hand, um es ebenfalls in die Tasche zu legen.
Ich kann mich nicht besinnen, mich je exponierter gefühlt zu haben als während der Minuten, die wir wie Indianer vom Waldrand zum Ufer krochen und Holmes die Tasche neben sich

herzog. Als wir das Röhricht entlang dem Ufer erreichten, flüsterte er mir zu:
»Und jetzt hinein mit Ihnen, Watson!«
Vor mir lagen etwa zwölf Meter stilles Wasser. Am unauffälligsten würde es sein, wenn ich in den See tauchte und so weit unter Wasser schwamm, wie ich nur konnte. Ich suchte mir eine binsenfreie Stelle und tauchte ins Wasser.
Stellen Sie sich meine Bestürzung vor, als ich in weichem Schlamm landete und das Wasser höchstens fünf Zentimeter über meine Flanken reichte.
Es entging mir nicht, daß sich Holmes hinter mir redlich bemühte, ein Lachen zu unterdrücken. »Watson, Sie sind noch mal mein Tod«, keuchte er.
Ich konnte seine Belustigung absolut nicht teilen.
So richtete ich mich auf und wandte mich, ohne an das Schloß zu denken, zu Holmes um, um ihm zu sagen, daß ich das Ganze gar nicht lustig fand.
Doch nun konnte sich Holmes nicht mehr halten. »Wenn Sie sich sehen könnten, Watson«, gluckste er vor Lachen. »Sie sehen aus wie ein Ungeheuer aus der Tiefe.«
Ich starrte an mir hinunter und sah, daß Morast von meinem Bauch und den Beinen hinabrann. Wütend wie selten wandte ich Holmes den Rücken und marschierte durch den Schlamm zum Schloß.
Ich war keine fünf Schritt weit gekommen, als der Grund unter mir schwand und ich in ekligem Wasser versank. Prustend tauchte ich wieder auf und wollte gerade Holmes zu Hilfe brüllen, da preßte eine feste Hand meinen Kopf und drückte mich wieder unter Wasser.
Als ich aufs neue hochkam, sah ich, daß Holmes neben mir Wasser trat. »Still!« zischte er. »Sie haben genug Lärm mit Ihrem Herumplatschen gemacht, um Neptun aus dem Schlaf zu reißen. Folgen Sie mir jetzt!« Er brach durch das Wasser im Kraulsprint

und kletterte die Inselböschung hoch. Da ich das gemächlichere Brustschwimmen vorziehe, erreichte ich die Insel erst, als er sich energisch trockenrieb.
Sobald er fertig war, warf er mir sein Handtuch zu, das sich zu meinem Ärger als mein Oberhemd erwies. Wir kleideten uns so rasch wieder an, wie es mit feuchter Haut möglich ist.
Nicht ein Fenster brach die Eintönigkeit dieser Seite des Schlosses, und ich sah keine Möglichkeit, wie wir ins Innere gelangen könnten. Doch Holmes flüsterte nur: »Kommen Sie«, und ging voraus um die Rückseite herum.
»Vom Ufer aus sah ich, daß auf der anderen Seite ein Ruderboot an einem Pfosten vertäut ist. Da es zweifellos benutzt wird, gibt es in der Nähe einen Eingang. Den müssen wir benutzen.«
Tatsächlich gab es an der Seite, die von der Brücke und dem Haupttor am weitesten entfernt war, eine kleine hölzerne Tür in der Wand. Holmes studierte sie.
»Kein Problem«, sagte er. »Schauen Sie, ob Sie ein Holzstück finden können.«
Ich suchte nach Treibholz, aber vergebens. Als ich zurückkehrte, setzte Holmes gerade das Paddel aus dem Boot an der Tür an, aber, wie ich bemerkte, nicht an der Schlüsselseite, sondern an den Angeln. Offenbar versuchte er, die Tür hoch- und nach außen zu heben. Nach heftiger Anstrengung, die ihn nach unserem kalten Bad gewiß aufwärmte, hob sich die Tür allmählich aus den Angeln und kippte leicht.
»Die Leute verriegeln und sichern ihre Türen an einer Seite und vergessen meist dabei, wie ungeschützt im Grunde genommen die andere ist.«
Der Raum hinter der Tür war eine Waschküche, in der sich glücklicherweise niemand aufhielt. Sie hatte außer der, durch die wir gekommen waren, noch zwei Türen, davon eine an einem niedrigen Treppenabsatz.

»Sie führt bestimmt nach oben«, meinte Holmes und ging voraus.
Tatsächlich befand sich hinter dieser Tür eine Treppe, die wir hochschlichen. Am oberen Treppenabsatz konnten wir unter drei Türen wählen. Holmes öffnete vorsichtig eine und sah einen Korridor mit teurem Orientläufer vor sich. Leise schloß er sie und wandte sich der mittleren zu, hinter der eine weitere Treppe hochführte. Inzwischen hatte ich die dritte geöffnet. Auch hinter ihr erstreckte sich ein Gang, doch mit einfacherem Läufer.
»Wir werden Ihren Korridor nehmen«, flüsterte Holmes. »Die erste Tür führt höchstwahrscheinlich in den Hauptflügel des Schlosses und die zweite zu einem der Türme, wohin gewiß keine Sprechrohre gelegt werden können, während Ihr Gang aussieht, als befänden sich hier die Dienstbotenkammern und Unterkünfte für unangemeldete Gäste.«
Wir huschten durch diese Tür. Unsere Schritte waren nicht nur durch unsere Vorsicht, sondern auch durch den Läufer gedämpft. Hinter der ersten Tür war eine Wäschekammer und hinter der gegenüberliegenden ein Badezimmer mit Messingkessel. Vom nächsten Türpaar war eine verschlossen, hinter der anderen schlief in einem Bett ein Mann mit Schnauzbart, der die schützende Bartbinde schier sprengte. Holmes schloß die Tür leise, nachdem er lautlos den Schlüssel innen aus dem Schloß gezogen hatte, sperrte sie zu und steckte den Schlüssel ein.
»Das war der Hauptmann der Wache, dessen Dienst um Mitternacht beginnt«, erklärte er.
»Woher wissen Sie das?« flüsterte ich.
»Also wirklich, Watson«, wisperte der Detektiv zurück. »Haben Sie denn gar nichts von mir gelernt? Haben Sie die Uniform nicht gesehen, die vor dem Schrank hing, und die Schuhcreme nicht gerochen, mit der er vor etwa drei Stunden seine Stiefel eingerieben hat? Ganz abgesehen davon, sahen Sie nicht, daß sein Wecker auf halb zwölf eingestellt war? Das gibt ihm gerade

genug Zeit für eine schnelle Toilette, seine Uniform anzuziehen, rasch einen Bissen zu essen und um die Geisterstunde seinen Dienst anzutreten.«

Ich ging den Korridor weiter und öffnete die nächste Tür. Auch dahinter befand sich ein Schlafzimmer, ein leeres jedoch diesmal.

»Machen wir uns mit jemandem im Schloß vertraut«, flüsterte Holmes, und wir betraten leise dieses Schlafzimmer.

Die Bürsten auf dem Toilettentisch und das Fehlen von Krimskrams verrieten mir, daß dies das Zimmer eines Mannes war, aber mir war klar, daß Holmes, der sich ruhig umsah, bereits mehr gefolgert hatte.

»Ein Mann in den Fünfzigern«, sagte er nun, »nur auf kurze Zeit im Schloß und momentan noch beim Dinner, wahrscheinlich ein Witwer, ein Notar, und er hinkt leicht.«

So oft schon hat mir Holmes seine Beobachtungsgabe demonstriert, doch sie versetzt mich immer wieder in Erstaunen. Natürlich konnte ich nicht anders, als ihn zu fragen, wie er diese Schlüsse gezogen hatte.

»Wie Sie sehen, ist das ausgekämmte Haar in der Bürste schwarz und grau, daraus schätze ich sein Alter. Es hängen nur zwei Anzüge in dem halb offenstehenden Schrank da drüben; das und der Koffer oben auf diesem Schrank führten mich zu der Annahme, daß er besuchsweise hier ist und nicht beabsichtigt, lange zu bleiben. Eine Krawatte unter dem Stuhl verrät mir, daß er sie verärgert wegwarf, als er sich zum Dinner umzog, weil er damit den Knoten nicht knüpfen konnte. An dem Anzug im Schrank sind Kerzenflecken auf den Schultern: Wäre er verheiratet, ist anzunehmen, daß seine Frau etwas dagegen unternommen hätte.«

»Aber er könnte doch ebensogut ein alternder Junggeselle sein«, gab ich zu bedenken.

»Das wäre natürlich möglich, aber auf dem Toilettentisch steht das Porträt einer etwa dreißigjährigen Dame, das schon vor längerer Zeit aufgenommen wurde. Daher ist es wahrscheinlicher, daß es sich bei der Abgebildeten um seine verstorbene Gemahlin handelt, als, sagen wir, um seine Nichte. Ein Schuh des Paares, das unter dem Bett herausragt, ist stärker abgetreten als der andere, also hinkt er.«

»Und Sie sagten, daß er Notar ist«, erinnerte ich Holmes.

»Also, Watson! Auch Ihnen müßte doch das leere Kuvert aufgefallen sein, das an Herrn Notar Heinrich Gottschalk, Hamburg, Renderstraße 6, adressiert ist, es liegt ja ganz offen auf dem Bett. Da es den Hannenburger Poststempel trägt, darf angenommen werden, daß es das Schreiben enthielt, das den Notar hierherbeorderte. Ich vermute, daß dieses Schreiben sich momentan in der Brusttasche von Herrn Gottschalks Abendjacke befindet und daß es nach dem Dinner, bei Kognak und Zigarren, herausgeholt wird, um Einzelheiten zu besprechen.«

Ich überlegte laut, worum es bei diesem Schreiben gehen mochte, aber Holmes weigerte sich, ohne Ziegel und Mörtel, wie er es nannte, irgendwelche Hypothesen aufzubauen.

Da wir in diesem Zimmer nicht noch mehr erfahren konnten, öffnete Holmes die Tür einen Spalt, und nachdem er sich vergewissert hatte, daß der Gang leer war, trat er hinaus und probierte die Klinke der gegenüberliegenden Tür. Auch sie war verschlossen.

Doch diesmal klopfte er, und die Stimme einer jungen Frau belohnte ihn, die fragte: »Wer ist da?«

Holmes stellte sich vor und erkundigte sich, ob er die Ehre habe, mit der Herzogin von Strackenz zu flüstern.

Die junge Dame schluchzte erstickt auf, bestätigte dann jedoch, daß sie es sei.

»Würden Sie so freundlich sein, sich zum sofortigen Aufbruch fertigzumachen, während ich die Tür öffne, wozu ich ein paar Sekunden brauchen werde?« Sherlock Holmes holte einen Satz Dietriche aus seiner Jacke und beschäftigte sich mit dem Schloß.

Ich zischte: »Warum haben Sie an dieser Tür geklopft, aber nicht an der anderen, die ebenfalls verschlossen war?«

»Ganz einfach deshalb, lieber Watson, weil es hinter der anderen Tür völlig still war, während ich durch diese sowohl Atmen wie das Rascheln von Röcken hören konnte.«

Ich erinnere mich, daß Holmes mit seinem Einbrecherwerkzeug des öfteren eine Tür in Sekundenschnelle geöffnet hatte; diese erwies sich offenbar als größere Herausforderung, denn eine Minute später versuchte er immer noch sein Glück mit einem Dietrich. Doch gleich darauf war ein gedämpftes Klacken zu vernehmen, und Holmes richtete sich lächelnd auf.

»Altmodisches Schloß«, erklärte er und schwang die Tür mit einer Verbeugung auf.

Im Zimmer stand eine junge Dame in graubraunem Kostüm, das auf der Straße keinen Blick auf sich gezogen hätte. Doch die Haltung der jungen Dame beeindruckte mich, jeder Soldat der Königin hätte sich daran ein Beispiel nehmen können. Nur die rotverweinten Augen paßten nicht dazu.

Als wir uns in das Zimmer drängten, streckte sie uns huldvoll die Rechte entgegen und fragte gefaßt: »Mr. Holmes?«

Mein Freund bestätigte es, dann stellte er mich höfisch vor – anders läßt es sich unter den Umständen, unter denen wir empfangen wurden, nicht nennen.

»Haben Sie kein Gepäck?« fragte ich die Herzogin, die ich immer noch als Maria ansah.

»Bedauere, nur die Kleider, die ich am Leib trage«, entgegnete sie.

Holmes, der lauschend an der Tür stand, drückte Schweigen gemahnend einen Finger an die Lippen. Mir fiel auf, daß er schon ein paarmal auf die Uhr gesehen hatte, und als ich einen raschen Blick auf meine warf, sah ich, daß es fast halb zehn war.

Schlag halb zehn hörten wir das ferne Bimmeln einer Klingel.

Holmes richtete sich auf und sagte höflich zu Maria: »Würden Sie mir die Ehre erweisen ...?« Er bot ihr seinen Arm.
Dann winkte er mich zur offenen Tür und geleitete die Herzogin auf den Gang. Ohne den geringsten Versuch, sich zu verbergen, schritten die beiden gemessen den Korridor entlang. Ich folgte ihnen mit der leeren Segeltuchtasche.
Der Gang endete an einer ins Parterre führenden Treppe. Offenbar immer noch ohne Sorge, entdeckt zu werden, schritten Holmes und die junge Dame hinunter. Am Fuß der Treppe befand sich eine Diele. Holmes öffnete die einzige Tür, und wir gelangten wieder in die kalte Eingangshalle von Schloß Hannenburg.
Doch diesmal war sie nicht leer. Ein gutes Dutzend der Grünlivrierten aus dem Schloß waren anwesend, sowie ein weiteres Dutzend in der rot-blauen Uniform der Strackenzer Offiziere. Zwei Herren dominierten: Graf Albert in Paradeuniform und mit mehr Goldlitzen pro Fingerbreite, als bei uns statthaft wäre, dazu einem Messinghelm mit imposanter Spitze. Der andere war jünger und, obwohl nicht ganz so formell gekleidet, zweifellos eine hochgestellte Persönlichkeit.
Als wir eintraten, unterbrach der Graf sein Gespräch mit diesem Mann und sagte, als wäre es selbstverständlich, uns hier vorzufinden: »Ah, Mr. Holmes und Dr. Watson!« Und dann, mit großer Herzlichkeit: »Maria, meine Liebe!«
Mit erstaunlicher Beherrschung trat die junge Dame auf ihn zu und sagte: »Onkel Albert! Wie ich mich freue, dich zu sehen!« Mit anmutiger Handbewegung deutete sie auf den Markgrafen, mit dem er sich unterhalten hatte. »Vetter Ernst war so reizend und hat sich meiner angenommen. Die Überfahrt auf dem Fährschiff von England ist mir gar nicht bekommen, so daß ich mich ein paar Tage erholen mußte. Doch jetzt ist es höchste Zeit, daß ich nach Strackenz heimkehre.«
Ein schwarzgekleideter Herr, der mir bisher nicht aufgefallen

war, zupfte den Markgrafen am Ärmel. »Euer Gnaden«, flüsterte er, »was ist mit dem Ehevertrag?«

»Schweigen Sie, Gottschalk!« zischte der Markgraf.

»Um welchen Ehevertrag geht es denn?« erkundigte sich Graf Albert milde.

Der Markgraf lächelte gezwungen. »Nichts von Bedeutung. Ich beauftragte Gottschalk lediglich, sich über rechtliche Einzelheiten zu informieren, sollte ich mir eine Gemahlin aus einem der benachbarten Herrscherhäuser erwählen. Du weißt ja selbst, Vetter, daß mehr in Betracht gezogen werden muß denn die Vermählung als solche.«

»Natürlich«, bestätigte der Graf. »Dachtest du an eine bestimmte junge Dame?«

»Nein, an keine im besonderen«, log der Markgraf, wie ich vermutete. »Aber es ist gut, wenn man über die Dinge Bescheid weiß, nicht wahr?«

Sherlock Holmes warf ein: »Das Gepäck der Herzogin ging offenbar irgendwo zwischen London und Hannenburg verloren, es wäre sicher das beste für sie, wenn sie umgehend nach Strakkenz zurückkehren könnte.«

»Selbstverständlich.« Ernst, Markgraf von Hannenburg, war die Höflichkeit in Person. »Mein lieber Vetter, ich nehme an, du hast deine Equipagen vor dem Eingang? Dann erlaube, daß ich mich bei Kusine Maria für diesen kurzen Besuch bedanke. Ich hoffe, du hast dich nun ganz von den Strapazen der Seereise erholt, teure Kusine?«

Also sollte es bei dieser Scharade von einer Krankheit bleiben und die Entführung überhaupt nicht erwähnt werden.

»Ja, danke, Vetter Ernst«, antwortete die Herzogin. »Ich wußte deine Gastlichkeit zu würdigen, aber du wirst verstehen, daß ich mich jetzt meinen Untertanen zeigen möchte.«

Viel mehr gibt es nicht zu erzählen. Wir schlossen uns den Strackenzern bis Hamburg an, wo wir sie verließen, nachdem wir den Nachtportier eines angesehenen Hotels herausgeklingelt und uns zwei Zimmer hatten geben lassen. Die neue Herzogin und ihr Regent bedrängten uns noch einmal, ihre Gäste in Strackenz zu sein, doch Holmes bedauerte, da Verpflichtungen in London auf uns warteten, die keinen Aufschub duldeten.

Am nächsten Tag nahmen wir die Fähre nach Harwich und mußten uns mit einer recht stürmischen Überfahrt abfinden. Ich verbrachte den größten Teil der Reise in mich versunken und war nicht in Stimmung, Holmes mit Fragen zu bedrängen, ehe wir uns nicht im Windschatten der Küste befanden, schon fast in der Mündung des Stour.

Zwanzig Minuten, ehe wir anlegten, fand ich meinen Freund an Deck, wo er an der Reling lehnte und übelriechenden Tabak rauchte. »Holmes«, sagte ich, »da ist etwas, das ich gern wissen möchte.«

»Ja, lieber Freund?«

»Wie kam es, daß Graf Albert zu einem so günstigen Zeitpunkt Schloß Hannenburg aufsuchte?«

»Während Sie Ihr Nachmittagsschläfchen machten«, erklärte Holmes, »sandte ich eine ausführliche Depesche nach Strackenz, in der ich mitteilte, daß ich die Herzogin aufgespürt hatte, und bat, umgehend Schloß Hannenburg einen Besuch abzustatten. Ich rechnete damit, daß Graf Albert in sechs Stunden ankommen würde, und arrangierte unseren eigenen Besuch im Schloß entsprechend.«

In London hatten wir rasch unsere alte Routine wiederaufgenommen.

Miss Footage war zu meiner Bestürzung während meiner Abwesenheit in die Queen Anne Street umgezogen, um nach dem Rechten zu sehen, wie sie es nannte. Es kostete mich Mühe, sie zu überreden, in ihre kleine Wohnung in der Osnaburgh Street zurückzukehren – und das, obwohl ich darauf hinwies, daß es in meiner Wohnung nur ein Schlafzimmer gab. Ich muß gestehen, ich war schockiert, als mir Miss Footage versicherte, daß ihr das durchaus bewußt und »schon recht« sei.

Manchmal glaube ich wirklich, daß ich das andere Geschlecht nie verstehen werde.

Auf Holmes hatten bereits mehrere Fälle gewartet. Über einige davon habe ich schon berichtet, während ich andere noch aufzeichnen werde, wie den Fall der Regatta zwischen Oxford und Cambridge; den der Leiche in der Krypta des Oberhauses; und den von Gilbert und Sullivan.

Im Frühjahr des nächsten Jahres überquerten Holmes und ich erneut den Kanal, um an der feierlichen Vereidigung Maria von Strackenz' als Herzogin teilzunehmen. Ehrenplätze waren für uns im Dom reserviert, worüber sich bestimmt viele Strackenzer den Kopf zerbrochen haben.

Am Tag darauf verlieh die Herzogin Holmes den Eberorden, und mir streifte sie das purpur-weiße Band des Silberstierordens über den Kopf. Dieser Orden hat seinen festen Platz auf meinem Schreibtisch, als unvergeßliche Erinnerung an die Entführung des deutschen Kindermädchens.